Jana Frey

Kichererbsen mit Schokolade

Familienchaos für Anfänger

Mit Vignetten von
Isabelle Metzen

Arena

Für Thomas – 20 Jahre Freundschaft.
Danke für alles!

FSC
www.fsc.org
MIX
Papier aus verantwortungsvollen Quellen
FSC® C110508

1. Auflage 2017

Cover und Vignetten: Isabelle Metzen
Umschlaggestaltung: Juliane Hergt
Satz: Goldesel, Malte Ritter
Gesamtherstellung: Westermann Druck GmbH, Braunschweig
978-3-401-60345-2

1
Ali und Pau

»Elf«, sagte Ali düster. Pau nickte ebenso düster.

»Und er ist nicht gekommen.« Mit *er* meinte sie ihren Vater, der seit einer Weile nicht mehr bei ihnen wohnte.

»Obwohl er es uns fest *versprochen* hatte«, fügte Pau bitter hinzu.

Es war ein verregneter Julisommerferientag und die Zwillinge hatten Geburtstag. Elften Geburtstag. Und ihr Vater war es schließlich gewesen, der gesagt hatte, die Elf müsse, weil sie eine Schnapszahl sei, besonders gefeiert werden. Aber jetzt war er stattdessen, wie er ihrer Mutter am frühen Morgen in einer eiligen SMS mitgeteilt hatte, in der Nacht überstürzt nach Japan geflogen. Er arbeitete in der, wie Ali und Pau fanden, gähnlangweiligen Computerbranche und war eigentlich dauernd im Ausland unterwegs.

Die zweiundzwanzig Kerzen flackerten, als Runtervomsofa (die eigentlich Prinzessin Sakura hieß) auf den Tisch sprang. Pau nahm die Wahnsinnige rasch auf den Arm, ehe sie sich womöglich noch vor Schreck verkokelte und in Flammen aufging.

»Jetzt macht doch keine Gesichter wie sieben Tage Regenwetter«, sagte Isabella, ihre Mutter, in diesem Moment und schwang das Küchenmesser, als habe sie vor, in der nächsten Sekunde einen Mord zu begehen. »Welche soll ich anschneiden? Deine? Oder deine? Oder beide?«

Sie sah von Alice zu Pauline und wieder zurück zu Alice.

Alis Torte war, wie immer, eine Rosentorte, rosa und bedeckt mit massenhaft schnörkeligen Marzipanrosen, während Paus Torte, ebenfalls wie immer, ein Fußball aus Biskuitteig war. Früher hatte Olga, ihre Großmutter, diese Geburtstagstorten Jahr für Jahr gebacken und da hatten sie auch perfekt ausgesehen, aber in diesem Jahr hatte ihre Mutter sich erstmals daran versucht. Das war auch der Grund dafür, dass die Rosentorte ziemlich platt und irgendwie zerzaust aussah und die Fußballtorte eher eiförmig als rund ausgefallen war.

»Und Oma ist auch nicht mehr da«, murmelte Ali gereizt, mit einem wehmütigen Blick auf ihren strubbelig geratenen Rosenkuchen. *»Auswandern* – also echt …« Sie zog das Wort »Auswandern« verärgert in die Länge. Genau das hatte Olga nämlich getan. Statt wie eine normale Oma für ihre Enkel da zu sein, wie es sich gehörte, war sie vor ein paar Wochen lieber mit drei Freundinnen in ein kleines Haus auf Mallorca übergesiedelt. Das musste man sich mal vorstellen! Sie hatten dort – direkt am Meer – eine *Yogaschule für alte Schachteln* eröffnet und wollten für immer auf der Insel bleiben!

Isabella sah erneut von einem Zwilling zum anderen. »Jetzt hört gefälligst mal auf, diese Gesichter zu machen, die ihr immer macht, wenn ihr wollt, dass ich euch nicht auseinanderhalten kann. – Du bist Alice, Alice! Ich sehe es an deinen empört aufgeblähten Nasenlöchern!«

Pauline schnaubte. War das zu glauben? Und diese Frau wollte ihre *Mutter* sein? »Ich bin Pau«, sagte sie mit gerunzelter Stirn und sah noch einmal auf ihren gerade ausgepackten Geschenketisch. Wie sie es beinahe erwartet hatte, lag dort *kein* Smartphone! Und auch *kein* iPad! Und schon gar *kein* Gutschein für ein Zungenpiercing! – Natürlich war der neue Fußball prima! Und das neue Longboard und die schwarzen Chucks auch! Aber hatte sie sich nicht ausdrücklich ein Smartphone, ein iPad und ein Zungenpiercing gewünscht? Mehr als alles andere. Eine Menge ihrer Freundinnen, vor allem Lea und Isi, hatten längst eigene Handys und iPads! Die schrieben dauernd Whatsapps hin und her, surften im Internet rum und knipsten lustige Sachen, die sie dann online stellten! Und das Zungenpiercing? Das wäre eben einfach cool und der Hammer gewesen! Das Leben war wirklich unperfekt! Und das, obwohl die Elf eine Schnapszahl war und darum besonders gefeiert werden musste!

Ali blätterte unterdessen bereits versunken in ihrem neuen, dicken Ratgeber in Sachen Bienenzucht. Sie hatte im Hinterhof des Hauses, in dem sie wohnten, ihr eigenes Bienenvolk und ihre Bienenkiste, die sie selbst gebaut hatte. Ihre Bienen und Rosen waren ihr heilig. Dass Isabella ihr keinen Rosentatoo-Gutschein zum Geburtstag geschenkt hatte, war zwar ärgerlich, aber Ali hatte, wenn sie ehrlich war, auch nicht ernsthaft damit gerechnet. Das neue Rosenlexikon und der Bienenratgeber, dazu die rosa Chucks und der neue Imkerschutzanzug waren super!

»Ich gehe mal runter, nach Lady Gaga sehen!«, rief sie jetzt und sprang auf. Lady Gaga war die Königin ihres Bienenvolkes und Ali liebte sie sehr.

2
Roschan und Darius

Darius schnupperte alarmiert, kaum dass er die Türschwelle übertreten hatte. »He, was stinkt hier denn so?« Er ließ seinen Rucksack fallen und rümpfte die Nase.

Roschan, der dicht hinter ihm war, ließ seinen Rucksack ebenfalls fallen und schnupperte auch. »Ich rieche nichts – außer dem üblichen Müffelfüßegeruch, den deine Schuhe hier immer verbreiten.«

Er schaute vielsagend zu dem kleinen Bord neben der Wohnungstür, auf dem sich auf einem alten abgewetzten Perserteppich, in einer Art Pyramidenform, ihre vielen Schuhe stapelten.

»Wie – du riechst nichts?« Darius drehte sich ungläubig nach Roschan um, während er seine Sneakers von den Füßen kickte und vage in Richtung der Schuhpyramide schoss. »Hast du abgestorbene Nasennerven, oder was?«

Roschan grinste und schnupperte erneut.

»Doch, stimmt! Jetzt rieche ich es auch.« Er verzog das Gesicht. »Irgendwie igitt …«

Es hing wirklich ein übler Geruch in der Luft. Ibrahims Wasserpfeife? Nein, die roch anders. Sein komisches orientalisches Räuchergefäß? Nein, auch nicht. Das miefte zwar auch ziemlich, aber nicht *so* … Vielleicht sein vorsintflutliches Haarwasser aus Kümmelsud, auf das er so schwor? Nein, sogar das roch geradezu göttlich im Gegensatz zu dem Gestank, der hier heute in der Luft hing.

»Würg – was ist das bloß?« Darius sah seinen Bruder fragend an. *»Kotze?* Oder am Ende eine … – *Leiche?«*

Die beiden tappten vorsichtig durch den Flur, als erwarteten sie jeden Moment, in eine gruselige Kotzpfütze oder – noch gruseliger – auf einen Toten zu treten. Als beides nicht passierte, das Gemüffel aber nicht nachließ, versuchten sie, systematisch vorzugehen.

»In der Küche ist schon mal nichts«, rief Darius ein paar Augenblicke später. »Absolut kein Gestank dort! Mülleimer unauffällig und auch keine Töpfe mit Schimmelinhalt auf dem Herd!«

»Wohnzimmer auch in Ordnung!«, rief Roschan aus dem vollgestellten Wohnzimmer zurück.

Sie trafen sich im Flur wieder, wo der gruselige Geruch immer noch eindeutig durch die Luft waberte.

»Bleibt *unser* Zimmer – oder Paps' Chaosbude …«

Roschan spähte besorgt durch die angelehnte Tür ihres eigenen Zimmers. Er schnupperte vorsichtig. »Dadrin ist die Luft rein, glaube ich«, verkündete er erleichtert.

Zusammen betraten sie zuletzt das Zimmer ihres Vaters, der noch nicht zu Hause war.

»Booooaaaah!«, stöhnte Darius, kaum dass sie die Fußspitzen über die Türschwelle gesetzt hatten, und schlug sich mit der Hand die Nase platt. Zwischen seinen gespreizten Fingern hindurch nahm er Ibrahims vollgestopfte Bude ins Visier. Okay, es war so chaotisch wie immer. So weit war alles klar. Zuerst fiel sein Blick auf die heiß geliebte Riqq seines Vaters – eine fischlederbespannte (!) Trommel – dann waren da zwei alte Gitarren und die kleine Ukulele, dazu ein Berg von Hanteln, mit denen Ibrahim manchmal abends ein paar Minuten seine Muckis trainierte, und ungefähr zwei Millionen persische Bücher. Darius' Blick wanderte weiter. Natürlich, der nicht wegzudenkende Berg aus getragenen, zusammengeknüllten Klamotten, dann die zweite Harfe, der alte Samowar und Ibrahims Wasserpfeife. Außerdem mehrere offene Tüten *Nuqol* – seine heiß geliebten Kichererbsen mit Zuckerkruste – und diverser anderer Kram türmte sich an allen möglichen und unmöglichen Stellen – aber woher kam, verdammt noch mal, der irre Geruch?

»Ob Paps vielleicht im Affekt Herrn Müller-Mueller gekillt und ihn anschließend im Schrank verstaut hat?«, überlegte Roschan und zog probeweise die Tür des alten Schrankes auf. Aber nicht ihr bösartiger Vermieter, der ihnen dauernd mit Kündigung drohte, weil er nichts weiter als ein mieser Ausländerfeind war, kippte ihm entgegen, sondern eine alte Pappschachtel, die anscheinend wackelig auf dem obersten Regalbrett gestanden hatte. Wie ein Regen ergoss sich der Inhalt der Kiste über seinem Kopf.

»Mist …«, murmelte Roschan, während Darius unterdessen auf die Idee kam, probeweise mal den im Zimmer herumsurrenden Fliegen zu folgen. Es waren drei oder vier geschäftig brummende Schmeißfliegen und sie alle flogen immer wieder aufgeregt unter Ibrahims Bett, als sei dort eine Oase des Glücks versteckt!

Darius bückte sich, um herauszufinden, was es damit auf sich hatte.

»Verdammte Oberoberoberkacke!«, rief er, kaum dass er einen Blick riskiert hatte. Angeekelt zerrte er im nächsten Moment mit spitzen Fingern eine flache Schachtel ans Tageslicht. *Pizzeria Alessio* stand auf dem Deckel und darin befanden sich …

»… die Reste von Paps' Meeresfrüchtepizza von letzter Woche, o Mann!«

Darius betrachtete den schimmeligen Fladen eingehend. »Wenn man sich Mühe gibt, kann man noch was erkennen … Das Knubbelige mit den grünen Haaren drauf *könnte* ein Stück … Thunfisch sein? Oder ein Schnipsel Tintenfischring? Oder, warte, ich glaube, es ist ein Stück Anchovis …!«

Er schüttelte ergriffen den Kopf. Dann sah er zu seinem Bruder hinüber. »Was geht, Roschan? Warum starrst du wie ein Irrer vor dich hin? So eklig ist ein bisschen Gammelpizza nun auch nicht. Los, schmeißen wir das haarige Ding in den Müll und machen das Fenster auf – dann geht's gleich wieder, schätze ich …«

Aber Roschan starrte immer noch auf die alten Sachen aus der Pappkiste, die ihm da auf den Kopf geregnet waren.

Es waren alles Bilder von … Yaz, seiner – Mutter. *Hier hatte ihr Vater sie also versteckt.* Eine einsame Träne rollte über Roschans Wange, die er ärgerlich wegwischte, ehe Darius sie entdecken würde. Aber Darius war ja nicht blind. Er hatte sie längst gesehen. Ohne ein Wort zu sagen, öffnete er rasch das Fenster, ließ einen Schwall frische Luft ins Zimmer und brachte anschließend die verdorbene Pizza in die Restmülltonne im Hof.

»Hast wohl irgendwelche Gaunereien vor, Junge?«, knurrte Herr Müller-Mueller, der in diesem Moment ebenfalls durch den Hof gewatschelt kam, misstrauisch. »Ich sehe gleich nach, ob dein Vater schon seine Miete überwiesen hat! Euch Ausländer kennt man doch! Nichts als Halunken und Gauner!«

3
Ali und Pau

»Es *ist so* peinlich!«, sagte Pau mit düsterer Stimme. Ali gab darauf keine Antwort. Sie sah stattdessen nach ihren Rosen, die wie in jedem Sommer den gesamten Balkon zuwucherten.

»Von hier oben sind tatsächlich *drei* zu sehen!«, fuhr Pauline entsetzt fort und spähte hinter einer von Alis Edelrosen – innen orange, außen pink – hervor über die schnörkelige Balkonbrüstung. *»Eins* vor der Bäckerei, *eins* an der Kreuzung – und *eins* am Haus direkt gegenüber! Das ist so was von mega-mega-megapeinlich, aber wirklich!«

Alice gab ihren Kletterrosen Wasser. Seit fast zwei Wochen waren jetzt schon Sommerferien und seit einer Woche schien die Sonne knallheiß vom blauen Julihimmel. Da musste man mit den Rosen höllisch aufpassen.

Klar war das mit den Plakaten peinlich, aber im Moment gab es wirklich Schlimmeres, über das man sich aufregen konnte. Zum Beispiel dass *alle* ihre Freundinnen verreist waren! Nur sie selbst und ihre Zwillingsschwester waren zu Hause geblieben! Wie öde und uncool war das denn? Und dazu die Sache mit ihrem Vater. Rein zufällig hatte Ali einen geflüsterten Streit mitbekommen, den Isabella mit ihm an ihrem alten Telefon mit straff gespannter Ribbelschnur geführt hatte. Es war noch am Abend ihres Geburtstags gewesen, als Ali spät noch mal aus dem Zimmer gehuscht war, um erstens auf Toilette zu gehen und zweitens nach Runtervomsofa zu sehen.

Isabella hatte mit gerunzelter Stirn zwischen den Rosen auf dem Balkon gesessen (wo sie immer saß, wenn sie nicht gehört werden wollte) und ärgerlich »Das ist wirklich das Allerletzte, Lars! Es ist der Geburtstag deiner Töchter und du hattest ihnen *fest versprochen*, da zu sein! Stattdessen fliegst du mit irgendeiner deiner vielen Freundinnen auf die Malediven! Hättest du das nicht noch eine Woche später tun können?«, in den altmodischen Telefonhörer gezischt.

Alice hatte sehr leise geseufzt bei diesen Worten. Und weil sie nicht noch mehr traurige Wahrheiten hören wollte, war sie auf leisen Sohlen weitergehuscht und versuchte seitdem, das Gehörte so tief wie möglich in ihr Unterbewusstsein zu verdrängen. Nicht mal Pau hatte sie davon erzählt.

»... und warum lächelt sie auch noch so blöde?«, fuhr Pau unterdessen aufgebracht fort. Sie drehte sich um. »*So* lächelt sie doch sonst nie!«

Da musste Alice ihrer Schwester recht geben. Das Lächeln ihrer Mutter auf den Plakaten wirkte wirklich alles andere als echt. Eher wie auf einer Zahnpastawerbung sah es aus.

Ich setze auf Natur!, stand unter Isabellas lächelndem Gesicht an der Kreuzung. Und auf dem Plakat vor der Bäckerei versprach sie *Ich liebe Kinder!*. Und am Haus gegenüber hieß es sogar *Ich habe Neustadt im Herzen!*.

Herrjemine, was sollte das denn heißen? Wie konnte man eine Stadt *im Herzen* haben?

Pau hatte natürlich recht. Diese Plakate *waren* megapeinlich!

Warum wollte ihre verrückte Mutter auch ausgerechnet – Bürgermeisterin werden? Zum Glück waren Lea und Isi in den Ferien und würden es erst später mitbekommen. Hatte Isabella auch nur einen Moment darüber nachgedacht, wie peinlich es für Ali und Pau sein musste, überall, egal wo sie hingingen, auf Schritt und Tritt diesen Plakaten zu begegnen? Vermutlich nicht. Isabella war immer ziemlich wuschig im Kopf, wie die Zwillinge es nannten. Immerhin hatte sie schon Botanik, Zoologie, Sprachen, Kunstgeschichte und Psychologie studiert, ehe sie auf die Idee gekommen war, es auch mal mit Politik zu versuchen. Zwischendurch hatte sie gekellnert, in einem Laden, der *Kosmische Energie* hieß, Edelsteine verkauft und zuletzt für einen kleinen Radiosender gearbeitet. Und seit einer Weile arbeitete sie eben als Frauenbeauftragte oder wie das hieß im Rathaus. Da musste man ja wuschig im Kopf von werden.

»O Mama …«, hatte Pau gestöhnt, als Isabella ihnen die Neuigkeit vor ein paar Wochen mitgeteilt hatte. »Warum denn das? *Bürgermeisterin? Du?* – Warum schaffen wir uns nicht lieber einen Hund an? Oder ein paar neue Topfpflanzen?«

Isabella hatte gelacht. »Ich will es einfach mal versuchen«, erklärte sie vergnügt und schnippelte weiter Radieschen für das Abendessen. »Ich glaube, ich wäre ziemlich gut als Bürgermeisterin.«

Pau und Ali warfen sich einen entnervten Blick zu.

»… und habt ihr euch mal die Nase vom aktuellen Bürgermeister angesehen?«, fuhr Isabella fröhlich fort und vollendete ihren Radieschensalat mit einem Schuss Zitronensaft, etwas Olivenöl und einer Menge frischen Kräutern. »Auf ihr wachsen all diese Härchen. Es sieht aus, als habe er Insekten im Inneren seiner Nase gefangen und alle wollen fliehen mit ihren winzigen, wackeligen Beinchen …«

»Mama! So redet man nicht!«, unterbrach Ali sie ärgerlich. »Ist doch egal, wie seine Nase aussieht. Hauptsache, er ist ein guter Bürgermeister, oder etwa nicht?«

»Du hast hundertprozentig recht, mein Schatz«, gab Isabella freundlich zu. »Aber er will ja sowieso aufhören.« Sie sah mal wieder von Ali zu Pau und von Pau zurück zu Ali. »Haha, diesmal falle ich nicht auf diesen Wer-ist-wer-Unsinn rein. Ihr braucht euch gar keine Mühe zu geben, gleich zu gucken …«

Damit tippte sie Ali auf die Nasenspitze. »Du bist Pauline Schmidthuber, erstgeborener Zwilling!«

Pauline schnaubte. »Und so jemand Verpeiltes will Bürgermeisterin werden! Ich bin Pauline Schmidthuber, o Mann, Mama!«

»Tatsächlich«, lenkte Isabella ein, nachdem sie Pau noch eine Weile eingehend gemustert hatte, und verteilte Geschirr und Besteck auf dem Küchentisch. »Ihr seid aber auch die gleich aussehendsten Zwillinge, die ich kenne.«

Sie betrachtete ihre Töchter zufrieden. »Und ihr seid mir wahrhaft gut gelungen.«

Schwungvoll füllte sie drei blaue Teller mit tanzenden Chinesen darauf mit großen Salatportionen. Unnötig zu erwähnen, dass Isabella diese Teller selbst getöpfert und bemalt hatte. Tanzende Chinesentellertage waren gute Tage. An stressigen Tagen servierte Isabella das Essen auf den rosa Tellern mit den dünnen, goldenen, ineinanderfließenden Energieschnörkeln.

Immer an den Tagen, an denen ihr Vater versprach, die Zwillinge abzuholen, und dann doch nicht vorbeikam, servierte Isabella das Mittagessen mit enorm gerunzelter Stirn auf besagten rosa Energieschnörkeltellern.

Isabella hatte seit der Trennung insgesamt eine ziemliche Wut auf Lars Schmidthuber, wie sie ihn jetzt fast immer nannte.

Ali und Pau dagegen nannten ihn weiterhin »Papi«, wie sie es schon immer taten. Denn immerhin war er ja weiterhin ihr Vater. Auch wenn er in der letzten Zeit vielleicht … *etwas* unzuverlässig war …

4
Roschan und Darius

Die Kasse vier bei ALDI war in der Regel die schnellste im ganzen Laden, denn an ihr saß – fast immer – die *schöne Elvira.* Roschan hatte sie so getauft – auf ihrem kleinen hellblauen Namensschildchen stand allerdings nur *Elvira Schöne.* Elvira hatte lange helle Ringellocken und Roschan machte oft Witze darüber, dass Darius in Elvira schwer verknallt sei. Darius bestritt das immer sehr empört. Es stimmte, er *mochte* Elvira. Sie war hübsch und nett und lustig und sie schaffte es eben schneller als jede andere Kassiererin im Laden, die Lebensmittel, die man ihr auf das Laufband legte, über den Scanner zu ziehen. *Piep – piep – piep – piep ...* jagte sie Zwiebeln, Basmatireis oder was man eben gerade einkaufte, über den Schriftcode-Erfasser. Heute waren es die besagten Zwiebeln, dazu je eine Dose Kreuzkümmel und Kardamom, Koriander, Hammelfleisch, Knoblauch, Zucchini, Auberginen, Weißweinessig, Joghurt, schwarze Schuhputzcreme, Küchentücher, Zahnpflegekaugummis, neue Wäscheklammern, ein Sixpack Wasser und Olivenöl. Auf dem Kassendisplay erschienen in rasendem Tempo die Preise der gekauften Sachen. *1,79 € – 2,99 € – 1,78 € – 1,95 € – 8,99 € – 0,95 € – 2,69 € – 1,29 € – 1,12 € – 0,99 € – 2,59 € – 1,09 € – 1,11 € – 1,29 € – 4,79 € – 3,89 €.*

Elvira hob den Kopf in dem Moment, als sie das letzte Produkt gescannt hatte. Sie grinste Darius erwartungsvoll an.

»Und …?«

Ihr Finger schwebte über der Taste, die die Endsumme verraten würde.

»39,30 €!«, sagte Darius, ohne zu zögern und wie aus der Pistole geschossen.

Elvira, die Schöne, ließ ihren Finger gespannt auf die Entertaste ihres Kassengeräts sinken. *39,30 €* leuchtete es augenblicklich in roten Ziffern auf.

»Ich sag's ja! Du bist, verdammt noch mal, ein wahres Rechenwunder«, rief Elvira begeistert wie jedes Mal, wenn Darius an ihrer Kasse auftauchte. »Ach ja, auf Schuhcreme gibt es heute 15 Prozent Rabatt.«

Sie zwinkerte Darius auffordernd zu.

»Dann sind es …« Darius grinste zurück, »… genau 38,92 €!«

Elvira drückte ein zweites Mal auf die Endsummentaste, nachdem sie den Rabatt des Schuhputzmittels eingegeben hatte. *38, 92 €* leuchtete nun auf dem Display.

»Wissen deine Eltern eigentlich, was für ein Genie du bist?«, fragte sie, während sie das Geld in Empfang nahm, das Roschan ihr in die Hand drückte. »Ich meine, du gehst doch bestimmt auf so ein Elite-Irgendwas für Schlauberger? Oder nicht? – Ich meine, eigentlich müsstest du im Fernsehen auftreten …«

Darius zuckte mit den Schultern. »Nee, ich gehe aufs *Otto* hier um die Ecke. – Meine Mutter ist schon lange tot«, sagte er und stopfte dabei das Hammelfleisch und die Aubergine in einen Einkaufsbeutel, den Roschan ihm zugeworfen hatte. »Und mein Vater findet – äh Musik viel wichtiger als Mathe … Mathe ist ihm eigentlich ziemlich egal …«

Er stopfte den Rest des Einkaufs in die Tasche, während Roschan das Mineralwasserpack schulterte.

Hinter den Brüdern warteten bereits eine Menge andere Kunden. Das Laufband war schon wieder voll mit Lebensmitteln.

»Na, dann bis zum nächsten Mal, du Einstein, du!«, sagte Elvira darum, zwinkerte Darius zum Abschied zu und wandte sich dem nächsten Kunden zu.

Am Ende der Warteschlange standen Ali und Pau.

»Hast du diesen Jungen vorne an der Kasse gerade gesehen?«, fragte Pauline beeindruckt ihre Schwester.

»Welchen Jungen?«, fragte Alice zerstreut zurück und hob den Kopf. Bis eben hatte sie die Pflegehinweise auf dem großen Beutel Hornspäne studiert, der in dieser Woche zufällig im Angebot war. Hornspäne, was immer das eigentlich war, waren überaus wichtig, wenn man, wie sie, Rosen züchtete, hatte letzte Woche der Rosenzüchter auf dem Wochenmarkt behauptet, bei dem sie eine seltene Rose bestellt und gekauft hatte.

Pauline winkte ab. »Egal, vergiss es«, sagte sie nur und beließ es dabei. Wahnsinn, in welchem Tempo dieser dickliche schwarzhaarige Junge im Kopf gerechnet hatte!

»Warum müssen eigentlich dauernd *wir* die Einkäufe machen?«, brummte Roschan, während sie, bepackt wie sie waren, durch das Treppenhaus stapften. »Kannst du mir das vielleicht mal sagen, denn *ich* kapier's nicht!«

Nein, darauf wusste Darius auch keine vernünftige Antwort. Er verkniff es sich allerdings, Roschan darauf hinzuweisen, dass sie sechs lange Wochen Sommerferien hatten, und da sie wegen andauernder Geldknappheit ohnehin nicht in den Urlaub fahren würden, auch ohnehin jede Menge Zeit dafür hatten.

»Pa-haps? Wir sind zurü-hück!«, rief er nur, als sie schnaufend das oberste Stockwerk erklommen hatten und mit den Einkäufen in die Küche gestolpert waren. Hatte ihr Vater nicht eigentlich brandeilig dieses megateure Mountainbike reparieren wollen, das er heute früh als Eilauftrag in den Laden bekommen hatte? Die Wohnung war jedenfalls in Klavierklänge getaucht, dabei hatten sie nicht mal ein Klavier. Dafür war von einem megateuren Mountainbike nicht die Spur zu entdecken ...

»Psssst, ich arbeite«, kam es gedämpft aus dem Wohnzimmer. Darius schob mit dem Fuß misstrauisch die angelehnte Tür auf. Mitten im Raum stand ihr Vater und dirigierte mit geschlossenen Augen und einem Kugelschreiber in jeder Hand Chopins *Revolutionsetüde*. Die Musik dazu war eine wertvolle Aufnahme und drang aus Ibrahims CD-Spieler, der in einer der vollgestopften Ecken des Raumes stand. Es war die *Mekka-Ecke* genannte Ecke des Zimmers – also die Ecke, die himmelsrichtungstechnisch nach Osten ging. Ihre Großmutter Hedia in Persien hatte das bei ihrem allerersten Besuch in Neustadt mit einem eigens dazu mitgebrachten Kompass herausgefunden. Seitdem betete sie bei ihren Besuchen immer Richtung CD-Spieler!

Jetzt öffnete Ibrahim gerade gnädig ein Auge und betrachtete seinen Sohn im Türrahmen.

»Hallo, Knabe Sohn«, sagte er und lächelte. »Habt ihr alles bekommen? Auch das Fleisch?«

Darius nickte.

»Prima! – Wärt ihr dann so gut und würdet euch um das Abendessen kümmern? Ich bin hier noch ein Weilchen beschäftigt.«

Er dirigierte weiter sein unsichtbares Orchester.

»Verdammt – sag *Nein!*«, rief Roschan aus der Küche, wo er die Einkäufe verstaute. »Einkaufen! Kochen! – Wir sind seine Kinder, nicht seine verdammten *Sklaven!*«

Aber dann kochten sie doch beziehungsweise eigentlich kochte nur Darius, denn Roschan saß mit düsterer Miene an seinem eingeschalteten Laptop am Küchentisch.

»Sorry, Mom«, murmelte er tonlos. In seinem Inneren kribbelte es einen Moment. Er dachte sonst nicht oft an seine viel zu früh gestorbene Mutter. Bisher waren sie immer ganz gut klargekommen in ihrem reinen Männerhaushalt, aber allmählich hatte er doch genug. Kochen, putzen, aufräumen ... Also echt!

Ibrahim bürdete ihnen wirklich eine ganze Menge Mist auf! Und eigentlich hatte seine Großmutter Hedia ihn schlussendlich auf die Idee zu dem gebracht, was er jetzt zu tun gedachte.

»Roschan?«, hatte sie nämlich vor ein paar Wochen am Telefon zu ihm gesagt, nachdem sie zuerst eine Weile über dies und das geplaudert hatten und Roschan ihr sein Leid geklagt hatte über die viele Arbeit, die Ibrahim ihnen immerzu aufhalste.

»Roschan, dein Vater braucht eine neue Frau! Es ist nicht gut, wenn ein Mann zu lange alleine ist!«

Roschan hatte das empört zurückweisen wollen, aber seine Großmutter ließ ihn einfach nicht zu Wort kommen.

Sie redete immer wie ein Wasserfall, wenn sie erst einmal in Fahrt war. »Doch, doch, mein Augenstern! Widersprich mir gefälligst nicht! Ihr braucht wieder eine Frau im Haus! Sie soll euren Haushalt führen – für euch kochen, putzen, aufräumen ...«

Roschan hatte aufgehorcht: Wie war das? *Kochen? Putzen? Aufräumen?* YAY, das klang gar nicht so schlecht! Aber dann hatte Oma Hedia alles wieder verdorben, indem sie hinzufügte: »... und *Kinder bekommen!* Ein dritter Sohn wäre mit Sicherheit schön für Ibrahim! Oder ein kleines Töchterchen? *Wunderbar* wäre das! *Ein kleines, süßes Mädchen zum Hätscheln und Verwöhnen?*«

Ihre Stimme war zuckersüß geworden bei diesen letzten Worten. Roschan hörte es mit Widerwillen, während Oma Hedia schon weiterträumte.

»Ja, ich werde eurem lieben, einsamen Papa eine neue Frau suchen! Hier aus der guten, alten Heimat! Ahhh, mir fallen schon ein paar Kandidatinnen ein: Soraya Afarid? Jung, hübsch! Layla Haaleh? Noch jünger, noch hübscher! Yara Merizadi? Sanft wie ein Täubchen, dafür etwas beschränkt! Aber – macht nichts, macht nichts! Andia Bostak? Schön wie die Sünde! Ah, besser nicht! Maryam Khorasani? Fein wie ein Kätzchen – und sehr religiös! Tiefreligiös! Ein braves, kleines Frauchen!« Oma Hedia seufzte begeistert. »Auf die Idee hätte ich schon viel eher kommen sollen, ich dummes Huhn, ich!«

Roschan war regelrecht zusammengezuckt bei diesen Worten. »Oh? Äh? Neinneinnein!«, hatte er in den ans Ohr geklemmten Telefonhörer gestammelt, aber Oma Hedia hatte nur »Doch, doch, mein Goldjunge!« gesagt und das Gespräch umgehend beendet. Vermutlich um – Soraya, Layla und die anderen Frauen aus ihrem Dorf, die ihr gerade eingefallen waren, so schnell wie möglich zu kontaktieren!

Eine *Stiefmutter* aus Persien? Womöglich eine, die sich von Kopf bis Fuß verhüllte und jeden Tag in die Moschee rannte wie Oma Hedia? O nein! Auf gar keinen Fall! Roschan reichten schon die gelegentlichen Besuche seiner Großmutter! Beten! Koran! Moscheebesuche! Essensvorschriften! Immer, wenn Oma Hedia da war, betete sie fünfmal täglich gen Mekka – also gen Wohnzimmerecke mit Musikanlage! Auch Ibrahim war das zu viel, das hatte er seinen Söhnen schon x-mal stöhnend zugeraunt, wenn Oma Hedia alle paar Jahre zu Besuch ins Haus geschneit war. »Ein Mann – ein Wort«, pflegte Ibrahim immer zu sagen. »Eine Frau – ein Wörterbuch.« Und dann flüsterte er jedes Mal mit Blick auf seine Mutter: »Und eine *persische* Frau – eine Enzyklopädie!«

Dann schon lieber eine Frau aus Deutschland, dachte Roschan nervös. Und so war sein Plan mit der Online-Dating-Plattform *Ich suche Dich!* entstanden …

Und während Darius Koriander wusch und klein schnitt, dazu Safran im Mörser zerrieb und kleine Karottenstücke fabrizierte und gleichzeitig den blubbernden Reiskocher im Auge behielt, tippte Roschan mit gereizter Miene eine *Ich-suche-Dich!*-Anzeige in Ibrahims Namen:

Freundlicher, gut aussehender und gut verdienender Familienvater (40 Jahre alt – verwitwet) sucht neue Ehefrau! Sie soll Kinder mögen (Jungs!), es lieben, den Haushalt zu machen, gut kochen, einigermaßen hübsch aussehen und gerne aufräumen! Bitte nicht älter als …

Roschan hielt einen Moment inne. »Soll ich fünfundzwanzig schreiben? Was meinst du?«

»Du sollst das *gar nicht* schreiben, du Hirni«, brummte Darius aus den Tiefen des Gewürzschrankes, wo er Safran und Baharat suchte. »Paps dreht durch, wenn er mitbekommt, dass du *in seinem Namen* eine Bekanntschaftsannonce aufgegeben hast! – Und dann auch noch so eine BEKNACKTE!«

... 30 Jahre, tippte Roschan, ohne die Einwände seines Bruders zu beachten. *Bewerberinnen mit eigenen Kindern zwecklos!,* beendete er den Text.

»Sonst haben wir am Ende noch irgendwelche blöden Kleinkinder am Hals, die *Papa* zu Paps sagen wollen und alles mit Babybrei vollkleckern!«

Sollte er ein Foto beifügen? Ja, das war bestimmt gut. Er lud noch schnell das einzige Bild seines Vaters, das es online gab, neben der Anzeige hoch. Es war eins, wo er neben seiner Harfe stand und lächelte. Aber die Harfe schnitt Roschan auf dem Bildausschnitt, den er hochlud, einfach ab.

In diesem Moment betrat Ibrahim die Küche. Geistesgegenwärtig schloss Roschan den Deckel seines Laptops, aber nicht ohne vorher auf »Anzeige jetzt öffentlich schalten« zu klicken.

So, das Ding war ans Laufen gebracht. Jetzt galt es nur noch, die *Ich-suche-Dich!*-Seite im Auge zu behalten und die Frauen, die sich meldeten, vorab zu sichten. Und dann wäre bald alles geritzt! Wenn Ibrahim erst eine neue Frau hatte, würden er und Darius nicht länger Haushaltssklaven sein.

»Alles klar, Jungs?«, fragte sein Vater und fuhr sich durch die zerstrubbelten Haare.

Seine Beine steckten in alten, abgewetzten Jeans und sein Oberkörper in einem ausgebeulten Shirt, das er mal in einem Baumarkt gewonnen hatte, weil er der tausendste Kunde gewesen war, der arglos durch das Eingangsdrehkreuz geschritten war. Dafür hatte es einen Einkaufsgutschein gegeben. Und ebendieses Shirt, auf dem in großen Lettern stand: *Es sind die schmutzigen Jungs, die Herzen brechen!*

Roschan seufzte. Okay, es würde vermutlich nicht *ganz* so leicht werden, seinen Vater an den Mann – beziehungsweise an die *Frau* – zu bringen.

»Paps?«, fragte er und gab sich Mühe, beschwingt und heiter zu klingen. Positives Denken war immer gut, so viel stand fest.

»Hm?«

»Wie wäre es mal mit ein paar … äh – neuen Klamotten – für dich? Irgendwas … Hippes oder so? Vielleicht von H&M …?«

Ibrahim sah an sich herunter. »Wieso? Bin ich dir nicht – elegant genug fürs Abendessen?«

Er grinste und fuhr sich über das leicht stoppelige Kinn.

Roschan seufzte. *Gut aussehend? Gut verdienend?* Na ja, Datinganzeigen waren ja wohl immer ein bisschen … geschönt.

5
Ali und Pau

»Hallo? Ali? Pau? – Seid ihr zu Hause?«

Es war ein sonniger Sommerferienmittwochmittag und die Stimme ihrer nach Hause kommenden Mutter klang irgendwie merkwürdig gepresst. Hielt sie … etwa etwas mit den Zähnen fest? Bei Isabella musste man auf alles gefasst sein, das wussten die Zwillinge aus Erfahrung.

»Balkon!«, rief Alice zurück. »Ich gieße meine Rosen!«

Der Sack mit den Hornspänen war in der Hofmülltonne versenkt worden, nachdem Pau zufällig auf dem Inhaltsetikett gelesen hatte, was *Hornspäne* eigentlich waren: ZERSCHROTETES HORN VON SCHLACHTVIEH! War das zu fassen? Dem Rosenhändler auf dem Wochenmarkt würde sie etwas erzählen! Eher würde sie tot umfallen, als ihren Rosen zermahlene Hufe von armen, armen Rindern unter die Blumenerde zu mischen! Die Welt war eben einfach grausam!

Isabella kam keuchend in die Küche und wuchtete drei volle Einkaufsbeutel auf den Flohmarkt-Esstisch. Von jeher schwor sie darauf, halb leere Wohnungen zu besitzen, wenig Geld auszugeben, Dinge auf dem Trödelmarkt zu kaufen und so viel wie möglich selber zu machen. Im Wohnzimmer gab es beispielsweise nur ein rotes, altes Samtsofa, ein wackeliges Bücherbord an der Wand, ein paar helle Sitzkissen für den Boden und eine Stehlampe in der Ecke. Ach, und natürlich den letzten und einzigen Schwarz-Weiß-

Fernseher (natürlich fernbedienungslos!), den es noch auf diesem Planeten gab.

Auf dem Rücken hatte Isabella an diesem Tag außerdem ihren Juterucksack und zwischen den Lippen ein amtlich aussehendes Stück Papier. »Totale Katastrophe«, stöhnte sie, nachdem sie das Blatt auf den Küchentisch gespuckt hatte. »Stellt euch vor: Ich bin doch tatsächlich mit Kunibert in eine Polizeikontrolle geraten …«

»Oh?«, machte Ali und trat über die Balkonschwelle in die Küche. Runtervomsofa konnte sie ebenfalls gleich mit frischem Wasser versorgen. »Und – hat Kunibert Ärger bekommen?«

Isabella nickte. »Sie haben ihn – einfach schäbig behandelt, anders kann man es nicht nennen«, erklärte sie düster.

»Der Arme.« Ali grinste.

»Nein, das ist nicht zum Lachen«, jammerte Isabella.

Kunibert war niemand anders als ihr heiß geliebtes goldenes Hollandrad, das aussah, als wäre es in etwa hundert Jahre alt. Über den Speichen hatte es zum Beispiel ein graues, ausgefranstes gehäkeltes Schutznetz – das musste man sich mal vorstellen!

Pau, die gerade aus ihrem Zimmer getapst kam, grinste jetzt auch. »Ja, und?«

»Unfassbar! Mängel über Mängel, hat dieser verrückte Polizist gesagt!«, jammerte Isabella und griff nach der auf dem Tisch stehenden Glaskaraffe mit dem Steinwasser. Das Steinwasser hieß Steinwasser, weil am Boden der Karaffe eine Menge glänzende Edelsteine lagen, die dazu da waren, das Wasser mit kosmischer Energie aufzuladen.

»Ich brauche Amethyste«, murmelte Isabella jetzt, nachdem sie einen prüfenden Blick auf die im Wasser liegenden Steine geworfen hatte. »Bergkristalle und Rosenquarze reichen nicht aus, wenn einem ein wild gewordener Polizist das Fahrrad für fahruntauglich erklärt!«

Sie seufzte tief und begann, aufgeregt in dem Edelsteinkörbchen herumzuwühlen, das Ali ihr hilfsbereit hinhielt. »Amethyste beruhigen! Ich brauche mindestens drei! Oder vier! Oder fünf!«

Pau verdrehte die Augen. »Haben sie Kunibert etwa aus dem Verkehr gezogen?«

Isabella ließ die lila Steine ins Wasser plumpsen. »Nein, das nicht, aber ich durfte nicht auf ihm weiterfahren! Ich musste zu Fuß gehen und ihn *schieben!*«

Isabelle rührte das steinige Wasser so heftig mit dem ausgestreckten Zeigefinger um, dass in der Mitte der Karaffe ein Strudel entstand. »Ist das zu glauben? Sie haben gesagt, die Bremsen seien völlig im Eimer und es sei ein wahres Wunder, dass ich noch in keinem Graben gelandet sei.«

Mit empörter Miene nahm sie einen Becher aus dem alten Küchenschrank, goss sich einen Schwall energetisches Amethystwasser ein und trank ein paar große, hoffnungsvolle Schlucke.

»Neues Rad?«, schlug Pauline vor und holte unvorsichtigerweise eine eigentlich geheime Tüte Chips – mit Currywurstgeschmack – aus ihrem Geheimwinkel in der Speisekammer. Normalerweise aß sie Sachen wie Chips nur, wenn ihre Mutter nicht da war.

»Nein!«, rief ihre Mutter auch sofort entsetzt und Pau

wollte sich schon aufregen. Schließlich bestanden Chips nicht aus Rattengift oder so was, aber dann begriff sie, dass sich Isabellas »Nein!« diesmal nicht auf die Chips bezog, sondern auf ihren Vorschlag, das alte goldene Fahrrad durch ein neues zu ersetzen.

»Ich liebe Kunibert!«, fuhr Isabella aufgebracht fort. »Wir führen eine sehr glückliche Fahrrad-Mensch-Beziehung! So etwas gibt man nicht einfach auf, nur weil irgendwo ein, zwei popelige Bremsbeläge hin und ein paar Schrauben locker sind …«

»Dann halt Fahrradreparatur?«, schlug Alice vor und begann, in der Dies-und-das-Schublade des Küchenschranks zu kramen, während ihre Mutter auf einen der drei nicht zusammenpassenden Küchenstühle sank. »Pau, hatten wir nicht letzte Woche diesen komischen Werbezettel im Briefkasten? Den von diesem neuen Radladen? – Ach, da ist er ja …«

Sie wedelte mit einem orangefarbenen Stück Papier. *Neueröffnung: Radhaus Neustadt!* stand darauf.

Isabella stellte den Becher mit der Aufschrift *Chaos-Mom* auf den Tisch und griff nach dem Zettel. *»Radhaus?* Wie Rathaus? Das klingt gut. Und ist ja gleich hier um die Ecke. – Nichts wie hin«, murmelte sie.

»Jetzt gleich? Müssen wir da mit?« Pau nutzte die Gunst des Augenblicks und stopfte sich hungrig eine weitere Handvoll Chips in den Mund. Ihre Mutter hasste ungesundes Essen jeder Art. Isabella und Alice lebten vegetarisch und fürchterlich gesund und aßen nichts, was nicht hundertprozentig bio und keinesfalls aus Tier war.

Aber jetzt war ihre Mutter mit ihren Gedanken glücklicherweise vollauf bei Kunibert, das musste ausgenutzt werden. Pau kaute krachend.

»*Natürlich* jetzt gleich. – Hat dieses *Radhausdings* denn über Mittag auf?«

Sie warf einen weiteren Blick auf den orangen Zettel in ihrer Hand. »Na, bitte, wer sagt's denn? Durchgehend geöffnet ... Besser geht's nicht. Und natürlich kommt ihr mit, ich sehe euch sonst ja kaum noch!«

Zu dritt machten sie sich auf den Weg.

Ali und Pau schnappten sich ihre neuen Longboards, die in der Diele an der Wand lehnten, und Isabella radelte mit finsterer Miene auf dem quietschenden Kunibert hinter ihnen her. Vorbei an jeder Menge lächelnder Isabella-Schmidthuber-Bürgermeisterkandidatin-Plakaten.

»Ich denke, du darfst nicht mehr auf ihm fahren?«

Alice wies auf Kunibert und sah sich dann besorgt um. Was, wenn sich hier immer noch irgendwelche Polizisten herumtrieben?

»Ach was, alles halb so schlimm. – Dieser Polizist war einfach nur ein aufgeblähter Wichtigtuer! Kunibert geht es blendend!«

»Aber die ... Bremsen? Ich meine, wenn du nun wirklich einen Unfall ...?«

»Ach wo. Man muss sich im Zweifelsfall eben nur ein bisschen fester gegen die Pedalen stemmen – siehst du?«

Isabella bremste, um es zu beweisen, mit entschlossener Miene kurz und heftig ab, Kunibert gab ein paar entsetzt schleifende Töne von sich und drosselte widerwillig sein Fahrtempo. Wenn auch nur minimal. »Na bitte, hast du es gesehen? Alles in bester Ordnung. Die Bremse ist ... fast tipptopp ...«

Pauline verdrehte die Augen und warf ihrer Schwester einen besorgten Blick zu, aber sie sagten nichts mehr, und dann erreichten sie die Agrippastraße, an deren Ende das neue Radgeschäft sein musste.

»Komischer Laden!«, rief Pauline und fuhr ein paar letzte, schnelle Schlangenlinien, ehe sie den Bremsfuß setzte.

Das sollte ein *neu eröffnetes* Radgeschäft sein?

Sie standen vor einem ziemlich heruntergekommenen, sehr schmalen Altstadthaus mit einem wirklich winzigen Schaufenster, in dessen matter Scheibe bereits ein langer, dünner Zickzacksprung war und an dessen Wand sich massenweise lila Klematis und andere Kletterpflanzen emporrankten. Pau fuhr noch ein paar Mal an dem Haus vorbei und versuchte, durch das Schaufenster einen Blick zu erhaschen. Alice registrierte wilden Wein, ein bisschen Efeu, eine Kletterhortensie, ein paar Büschel Blauregen, eine rosa Kletterrose und sogar ein paar sich emporwindende Feigen.

Die Rose müsste dringend mal zurückgeschnitten werden, befand Ali fachfrauisch. Aber sonst sah das bewachsene Haus wunderschön verwunschen aus.

Auf einem windschiefen Schild über der offen stehenden Eingangstür prangte die Aufschrift *WILLKOMMEN IM RADHAUS!*.

Na dann.

6 Roschan und Darius

Roschan starrte mit düsterer Miene auf den Bildschirm des Ladencomputers. Vorsichtshalber hatte er auch – falls sein Vater hereinschauen sollte – die »Radhaus-Kunden«-Seite geöffnet, sie aber in den Hintergrund verbannt. Seine Augen flogen stattdessen über die *Ich-suche-Dich!*-Liebesseite. Er hatte seinen Paps dort vorsichtshalber unter dem Namen *Daddy Cool* angemeldet.

Mit gerunzelter Stirn betrachtete Roschan die blinkende Zahl 67 auf dem Profil, das er für seinen Vater angelegt hatte. Die »67« bedeutete, dass sich seit gestern bereits siebenundsechzig Frauen, die hier in der Gegend wohnten, die Anzeige durchgelesen hatten. Das musste man sich mal vorstellen! So viele Frauen in unmittelbarer Nähe, die einen Mann suchten!

Aber – warum hatte sich *keine einzige* gemeldet? Denn unter der »67« stand eine grausame »0«. Eine Null, die besagte, dass keine der vielen Frauen eine Nachricht für Ibrahim hinterlassen hatte. Keine einzige Frau schien Interesse daran zu haben, seinen Paps kennenzulernen! War das zu fassen? Was war falsch an *Daddy Cool*, zum Teufel? Sein Vater war doch kein Ungeheuer! Gut, er nervte ziemlich mit seinem ewigen Harfespielen und Einem-unsichtbaren-Orchester-Dirigieren und er trug T-Shirts wie dieses, auf dem *Es sind die schmutzigen Jungs, die Herzen brechen!* stand, und dazu abgewetzte Turnschuhe, aber sonst … sonst war er doch voll in Ordnung! Was ihm fehlte, war nur eine nette Frau, die den Haushalt schmiss und ansonsten im Radhaus mitarbeitete. Gut wäre natürlich auch, wenn sie ihm die verrückte Musikleidenschaft austreiben würde! Und womöglich sehr, sehr wohlhabend wäre – so wohlhabend, dass sie das kleine, enge Radhaus am Ende vielleicht gar nicht mehr brauchen würden …

In diesem Moment krachte es, als stürze das ganze Haus ein. Roschan fuhr zusammen und riss entsetzt den Kopf hoch.

»Verdammt! He, was zum Teufel …?«, rief er, aber da sah er auch schon, was passiert war. Ein Mädchen, das den Laden … nun ja … betreten hatte, war, wie es schien, über die Schwelle gestolpert und gegen das türkisfarbene Citybike gestoßen, das gleich neben der Tür stand. Und das Citybike war gegen das alte Rennrad geprallt, das Darius und er vorhin erst instand gesetzt hatten. Und das Rennrad war gegen zwei grüne Kinderräder gefallen, die wiederum gegen ein echt teures Trekkingrad gekracht waren, bei dem er eigenhändig gestern neue Radschläuche eingesetzt hatte.

War das Mädchen völlig bekloppt? Roschan sprang wütend auf und dachte in letzter Sekunde daran, die Liebesseite wegzuklicken. Wollte sie ihnen etwa den Laden ruinieren? Das machte sie nicht schlecht! Sein Vater würde bei dem irren Krach sicherlich gleich … – Aber nichts geschah. Aus dem Hinterzimmer ertönten weiter unbekümmert klimpernde Harfenklänge. Dort stand nämlich Harfe 1, auf der Ibrahim Al Bazi, wie sein Vater mit vollem Namen hieß, jede *freie Minute* spielte, wenn er tagsüber im Laden war.

»Oh … sorry …«, sagte das Zerstörermädchen eine

Spur verlegen. Unter dem Arm trug sie jetzt ein grünes Longboard mit orangen Rollen, die sich noch drehten. Sie schien erst vor Sekunden von ihm abgesprungen zu sein! Und hinter ihr tauchte jetzt ein zweites Mädchen auf. Es sah, verdammt noch mal, exakt so aus wie das Zerstörermädchen vor ihr. Auch sie hatte ein Longboard dabei. Und hinter den beiden schaute jetzt auch noch eine Frau zur Tür herein. Statt eines Longboards hatte sie allerdings ein großes Ungetümfahrrad dabei. So nannten er und Darius diese alten, schäbigen Damenräder aus Holland, die nur noch Bekloppte fuhren! Vor einer Masse von Jahren waren

solche Räder mal schwer in Mode gewesen, hatte Paps ihnen erklärt, aber diese Zeiten waren zum Glück lange vorbei. Komisch, die Frau, die das Ungetümrad schob, kam ihm irgendwie bekannt vor. Irgendwo hatte er sie schon mal gesehen, aber er konnte sich beim besten Willen nicht mehr daran erinnern, wo das gewesen war.

»Pau! Ali! Um Himmels willen! Was habt ihr denn da angerichtet? – Stellt die Räder wieder hin!«, sagte sie jedenfalls in diesem Moment und warf Roschan einen zerknirschten Blick aus hellblauen Augen zu. Der drehte sich suchend nach hinten um. Wo steckte Darius? Warum stand er hier eigentlich ganz alleine im Laden – mit irren Kunden, dic mit bereits reparierten Rädern um sich warfen und Ungetümräder anschleppten?

Die beiden gleichen Mädchen begannen eilig, sich an den umgestürzten Rädern zu schaffen zu machen.

»Geht besser weg – ich mach das lieber selbst«, knurrte

Roschan ungehalten und schob wenigstens das verrückte Zerstörermädchen ein Stück zur Seite.

»He, schubs mich nicht, Mister Muffkopf! Was glaubst du, wer du bist?«, gab sie mindestens ebenso ungehalten zurück. »Ich habe die Dinger ja nicht *extra* umgeschmissen! – Warum stellt ihr sie auch so dicht an die Tür? Da ist es doch logo, dass so was passieren kann! – Mann, ist das *eng* hier! – Mehr ein *Schuppen* als ein Laden, oder?«

Als die Räder sich wieder in Reih und Glied drängelten, tippte die Frau Roschan an die Schulter.

»Ich habe hier ein Rad …«, sie deutete auf das goldene Uraltrad, das nun wirklich nicht zu übersehen war, »… mit klitzkleinen … nun ja … Mängeln, könnte man sagen. Wem gehört denn der Laden? Deinen Eltern? Sind sie da? Haben sie Zeit? Ich bräuchte nämlich jemanden, der sich meines guten, alten Kuniberts *liebevoll und behutsam* annimmt …«

»Mama! Bitte! Sag in der Öffentlichkeit nicht ›Kunibert‹ zu dem Rad!«, bat das Zerstörermädchen eindringlich, aber Roschan achtete nicht auf sie. – *Wem gehört der Laden? Deinen Eltern?* Er dachte wieder für einen Moment an seine Mutter, die schon zehn Jahre lang tot war. Sie war bei einem Autounfall ums Leben gekommen und er konnte sich leider überhaupt nicht mehr an sie erinnern.

»Der Laden gehört meinen Vater«, murmelte er darum nur düster. Die fremde Frau mit dem Ungetümrad trug, obwohl es draußen mehr als warm war, schwarze Doc-Martens-Stiefel mit fedrigen lila Schnürsenkeln an den Füßen. Und als wäre das nicht schon schräg genug, hatte sie sich die untersten Spitzen ihrer blonden, reichlich wirren Haare ebenfalls lila eingefärbt. An den Ohrläppchen hatte sie bunt glitzernde Plastikerdbeeren! Was sollte das? Fasching war doch schon Monate her!

Die Lila-Haarspitzen-Frau lächelte ihm jedenfalls gewinnend zu. »Das klingt gut! – Und wo steckt dein Vater?«

Roschan seufzte und deutete mit dem Daumen auf die Tür zum Hinterzimmer.

»Immer der Musik nach …«

7
Ali und Pau

Okay, dachte Pau eine Spur gereizt. Sie war, das ließ sich nicht leugnen, gegen dieses verflixte türkisfarbene Rad gestoßen! Aber das war nur passiert, weil die Tür zu diesem komischen *Radhaus* einfach verdammt eng war. Zu eng für sie und den Absprung von ihrem Board. Aber dafür, dass die ganzen anderen Räder umgekippt waren, konnte sie nicht die Spur etwas. Es war einfach eins gegen das nächste gekippt – *zack-zack-zack-zack-zack* … »Dominoeffekt« nannte man so was.

Der Junge, der sie deshalb *sehr ungerecht* angeschnauzt hatte, öffnete gerade eine noch schmalere Tür als die Ladeneingangstür. Sie führte in einen Hinterraum am anderen Ende des mit Rädern und Radzubehör vollgestopften Ladens.

Und der Laden war schlicht eine Wucht an Chaos! Pau warf ihrer Mutter einen Blick zu. So viel Krempel und Kram und eine derartige Unordnung mussten Isabella eigentlich den Rest geben an einem Tag wie diesem, an dem man bereits ihr geliebtes Rad aus dem Verkehr gezogen hatte. Und Pau hatte sich nicht getäuscht. Ihre Mutter betrachtete das Chaos des kleinen, überfüllten Ladens mit gerunzelter Stirn. Räder, Räder, Räder. Dazu dicht an dicht gedrängte Regale Marke »Wackeliger Eigenbau«. Und über allem schwebten mehrere wuchtige orientalische Lampen aus bunten glitzernden Mosaiksteinchen.

»Paps? – He, Paps! Kundschaft …«

Aus dem Hinterraum ertönte jetzt bei geöffneter Tür noch lautere Musik. Pau sah einen schwarzhaarigen Mann leicht vornübergebeugt an einer großen goldenen, verschnörkelten Harfe sitzen. Seine Finger flogen nur so über die langen Saiten.

»Paaaaahaaaaps? Hallo?«, rief der gereizte Junge erneut. Er klang ungeduldig. »Kundschaft!«

»Schlechtes Timing, Rosch! Er hört und sieht mal wieder nix, das siehst du doch«, sagte da ein anderer Junge, der plötzlich wie aus dem Nichts auftauchte und seinen Kopf durch die Tür steckte. Er war klein und leicht dicklich, hatte aber im Gegensatz zu dem Muffkopf, der sie so grob zur Seite geschoben hatte, nette, fröhliche, freundliche Augen.

Pau erkannte ihn auf den ersten Blick wieder. Das war doch das Rechenwunder aus dem Supermarkt, der in Blitzgeschwindigkeit die Einkaufspreise mitgerechnet hatte! Sie grinste ihm zu.

»Ich kenn dich«, sagte sie, ließ das Board auf den Boden gleiten und sprang darauf. Der Junge runzelte fragend die Stirn.

»Ich hab dich beim ALDI in der Mayerleinstraße an der Kasse rechnen sehen …«

Jetzt grinste der Junge. »Ist so eine Art … Hobby«, sagte er eine Spur verlegen.

Isabella stand unterdessen lauschend da – mit geschlossenen Augen.

Okay, sie war ein großer Musikfan, das wussten ihre Töchter zur Genüge, aber darum musste sie jetzt und hier nicht in begeisterter Trance versinken. Wie peinlich war das denn? Pau stieß sie in die Seite. Bei Isabella musste man mit allem rechnen. Manchmal tanzte sie beispielsweise schon frühmorgens beim Zähneputzen zu irgendwelchen Radiosongs durch die spartanisch eingerichtete Wohnung. »He, Mama! Immer cool bleiben, okay?«

Isabella klappte die Augen wieder auf. »Aber es klingt fantastisch«, sagte sie beeindruckt. »Es ist verdammt lange her, dass ich so ... *wundervolle* Musik gehört habe!« Ihre Stimme bewirkte, was der gereizte Junge mit seinen ungeduldigen Rufen nicht geschafft hatte. Der Mann an der Harfe hielt im Spielen inne, hob den Kopf und klappte ebenfalls die Augen auf. Zuerst blinzelte er, als sei er überrascht, plötzlich so viel Publikum zu haben, dann lächelte er in die Runde.

Pau und Ali sahen, dass er dieselben riesigen braunen Augen wie seine Söhne hatte.

8
Roschan und Darius

Ibrahim ließ die Hände sinken und blickte fragend von Roschan zu Darius. »Habe ich was verpasst, Jungs? Haben wir eine Million im Lotto gewonnen? Oder eher was Schlechtes? Noch eine Schimmelpizza unter dem Bett? Oder hat Herr Müller-Mueller uns endgültig vor die Tür ...?«

»O Mann, nein, Paps! Nur *Kundschaft!«*, knurrte Roschan mit einem erneuten Seufzer und wies mit dem Daumen auf die Leute um sich herum. »So ein beknacktes ... ich meine ... so ein altes Hollandrad ... Sieht nach viel Arbeit aus, wenn du mich fragst.«

Sein Vater nickte verstehend und erhob sich. Behutsam schob er die schnörkelige Harfe zur Seite, fuhr sich mit allen Fingern durch die schwarzen Haare und betrat gleich darauf summend den Ladenraum, wo Kunibert allein – sozusagen unter seinen Artgenossen – zurückgeblieben war.

»Tadamm ta ta ... Taaaadamm ta ta – duuuu du du ...«, summte Ibrahim Al Bazi vor sich hin. »Daaaa da da daaaa ... mmmmm .... mmm .... mmmm ...«

Während er so vor sich hin trällerte, besah er sich das goldene Rad von allen Seiten. Die Frau mit den lila Haarspitzen ließ ihn – oder eher ihr Rad – nicht aus den Augen. Hatte sie eben tatsächlich den Lenker getätschelt, so als wolle sie ein ängstliches Kleinkind trösten, das sich vor ... dem Onkel Doktor fürchtet?

»Alles nicht so schlimm, oder?«, fragte sie jedenfalls im

nächsten Moment beschwörend. »Ich meine: Sie kriegen das doch wieder hin? – Ich habe hier nämlich so einen blöden Wisch …« Fast widerwillig überreichte sie ihm den Mängelbericht der Polizei.

»Soso«, murmelte Ibrahim, während er einen Blick darauf warf, und grinste. Wieder begann er zu summen, während er das alte Rad schwungvoll auf den Kopf stellte und zuerst das Vorder- und dann das Hinterrad abmontierte.

Roschan schlüpfte unterdessen mit finsterer Miene wieder hinter den Verkaufstresen und klickte halb hoffnungsvoll, halb frustriert die *Ich-suche-Dich!*-Liebesseite an. Gab es dort in der Zwischenzeit wenigstens etwas Neues?

71 Besucherinnen deiner Region haben sich dein Profil angeschaut, Daddy Cool!

Wow – vier mehr als vor einer halben Stunde!

Roschans Augen wanderten weiter. *Null Frauen haben Kontakt mit dir aufgenommen.* Verdammt! Was für eine Pleite! Was war nur mit den Frauen von heute los? Warum sperrten sie sich derart hartnäckig gegen ihr Glück?

Aber halt! Was war das? *Dein Profil wird gerade gelesen …,* stand da plötzlich. Ein rosa Herz flimmerte hinter dieser Botschaft. *Jetzt heißt es Daumendrücken, Daddy Cool!,* ging die Botschaft weiter.

Darius quatschte unterdessen mit diesen doppelten Mädchen, dem Zerstörermädchen und dem anderen. Er war von jeher so ein Weiberversteher, also echt!

»Ihr seht wirklich irre gleich aus«, sagte er eben in diesem Moment. »Eineiiger geht's nicht, was? – Habt ihr nichts, woran man euch unterscheiden kann? Eine Warze oder so was? Wer von euch ist denn die Ältere?«

9 Ali und Pau

Ali verzog das Gesicht. Oh, du Hölle! Was sollte das denn? Aber für Fälle wie diesen gab es zum Glück das heilige WSN-Abkommen, das die Schwestern schon vor Jahren geschlossen hatten. WSN stand für Wir Sagen Nichts! So ein Abkommen brauchte man dringend, wenn man ein eineiiger Zwilling war. Die Leute quatschten einen sonst echt tot! *Wer von euch ist älter? Wer war bei der Geburt größer? Wart ihr Frühchen? Versteht ihr euch gut? Können euch eure Eltern auseinanderhalten? Worin unterscheidet ihr euch? Habt ihr die gleichen Hobbys? Streitet ihr euch auch mal? Kennt ihr den Film* Das doppelte Lottchen? *Legt ihr auch manchmal die Leute rein?*

O Mann, echt!

Ali ließ ihre Blicke sichtbar gelangweilt durch den schrulligen, vollgestopften Laden gleiten, während der Junge sie abwechselnd mit zusammengekniffenen Augen musterte, Pau sah es deutlich. Gerade als er den Mund aufmachte, vermutlich um noch ein paar neugierige Fragen hinterherzuschießen, rief der zweite Junge, der sich hinter die Ladentheke verkrümelt hatte, laut und triumphierend: »HA! – Na also! – Und dann auch noch …«

Mit leuchtenden Augen hob er den Kopf. »He, Darius, hör auf rumzuflirten und komm her! Das *musst* du sehen!« Dazu wedelte er auffordernd mit dem Arm. »Los, los, Alter, mach mal hinne! Das *glaubst* du nicht!«

»Bin gleich zurück«, murmelte Darius und zwängte sich an den Zwillingsschwestern vorbei. Eine Sekunde später war er bereits bei seinem dünnen, großen, strubbelhaarigen Bruder angekommen und schaute über seine Schulter auf den Monitor des großen, in die Jahre gekommenen Computers, der auf dem Verkaufstresen thronte.

»Jetzt guck dir das mal an!«, flüsterte Darius' Bruder kopfschüttelnd und deutete auf etwas auf dem Bildschirm. »Na, ist das nicht *der Knaller?*«

10
Roschan und Darius

Verdammt … Nein! War es nicht …! Darius stand steif wie Brokkoli vor Ibrahims altem PC und konnte nicht glauben, was er da sah!

»Ich hab sie auch gleich erkannt, Mann! Auf den ersten Blick!«, fuhr Roschan mit gedämpfter Stimme fort. *»Vanilli-Elli* nennt sie sich, haha! Ist das nicht der Hammerzufall? – Und sie ist die Erste, die den *Du-gefällst-mir!-Button* geklickt hat!«

»Darius? Roschan? Sohn eins? Sohn zwei? *Hallo? Hallo?* Was treibt ihr da eigentlich? Computerspiele? Oder *Facebook?* Oder wieder eine internationale Matheolympiade? Ihr wisst doch, dass man deppert wird, wenn man zu viel am Computer rumhängt!«, rief ihr Vater, der gebückt neben dem Ungetümrad kauerte. »Los, bewegt euch mal von der Stelle, ehe ihr komplett einrostet! Ich brauche …«

Er wedelte mit der kaputten ausgebauten Hollandradbremse in der Luft herum. »… ein neues Bremszugset – am besten das aus Edelstahl …«

Roschan warf Vanilli-Elli auf dem Computermonitor einen letzten, entsagenden Blick zu, dann klickte er sie vorerst vorsorglich vom Bildschirm. Sicher war sicher. Er begann stattdessen, seufzend in einem der vielen Zubehörregale herumzuwühlen.

»Und – Darius?« Ibrahim war so eifrig bei der Sache wie selten.

»Hm, Paps?« Darius war mit den Gedanken ebenfalls noch bei Vanilli-Elli. Wer hätte das gedacht? Ob das eine gute Idee wäre? Es warf auf jeden Fall seine ganzen … nun ja, Tagträume durcheinander. Andererseits durfte er sich nichts vormachen. Bis er erwachsen war, würden noch sechs volle Jahre vergehen – und wie es schien, wollte *sie* so lange nicht warten. Hm … sechs Jahre, das waren leider gnadenlose, äh … zweitausendeinhundertneunzig Tage … Mist!

»Starr keine Löcher in die Luft, Sohn zwei!«, unterbrach sein Vater seine Vanilli-Elli-Gedankengänge. *Dabei war sie beeindruckt von ihm gewesen, so viel stand fest. Und das hieß etwas. Immerhin war sie der erste Mensch auf diesem Planeten, der beeindruckt von ihm war …*

Ibrahim schraubte wie wild an diesem närrischen goldenen Hollandrad herum. Warum flippte er eigentlich derart aus vor Arbeitswut? Das war doch sonst nicht seine Art.

»Darius, hör auf zu kopfrechnen«, schnaufte er jetzt. »Egal woran du gerade gedanklich tüftelst! Ich brauche umgehend den anderen Achsenvermesser. – Und dann neue Schläuche, 28 Zoll, am besten die von *Gummi Deluxe.* Es müssten noch ein paar da sein. Hinten im Lager. Pass aber um Gottes willen auf *Scheherazade* auf!«

Scheherazade hieß seine geliebte Harfe. Sie war seit dem Tod seiner Frau Yaz sein Ein und Alles. Abends, bevor er den Laden zuschloss, um nach Hause zu gehen, deckte er sie behutsam mit einer alten persischen Nomadendecke zu, damit sie es über Nacht warm und behaglich hatte. Seine Frau hatte ihm die Harfe vor vielen Jahren zur Hochzeit geschenkt. Manchmal sprach Paps sogar leise mit Scheherazade, wenn er glaubte, dass niemand ihn hörte. Und zwar auf Persisch.

»Okay, okay«, murmelte Darius jetzt. Wieder zwängte er sich an den beiden gleichen Mädchen vorbei. »Achtung, muss, äh … was holen«, murmelte er dabei verlegen.

Das Zwillingsmädchen, das die Räder umgeschmissen und das Roschan angeschnauzt hatte, nickte ihm einigermaßen freundlich zu. Sie war auch die, die ihn im Supermarkt beim Preisemitrechnen gesehen hatte. Komisch, dass er nach ihrem Nicken auf einmal spürte, dass sein Herz eine Art Salto schlug.

Nachdem er seinem Vater den Achsenmesser und die Schläuche gebracht hatte, schlenderte Darius zu ihnen zurück.

»Übrigens, Wahnsinn, wie du rechnen kannst«, sagte sie in exakt dem Moment, in dem er selbst »Mein Bruder und ich sind übrigens auch Zwillinge …« nuschelte.

11
Ali und Pau

Das Wir-sagen-nichts!-Abkommen betraf natürlich nur ihr eigenes Zwillingsein. Darum war hier eine Antwort in Sachen Zwillinge möglich.

»*Er* und *du?*«, sagte Alice auch sofort wie aus der Pistole geschossen. »Nee, oder?«

Sie schaute zwischen den beiden Jungen hin und her.

Darius legte seine Stirn in Falten. »Ich weiß, was du meinst«, sagte er seufzend. Dann seufzte er einen zweiten, tiefen Seufzer und verlagerte sein Gewicht von einem Bein auf das andere. »Wir sind schon so zur Welt gekommen. Roschan groß und ich – irgendwie … mickrig. Daran hat sich leider nie wirklich was geändert …«

Wenn es nur *das* wäre, dachte Ali. Sie wickelte nachdenklich eine dünne Strähne ihres hellen Pferdeschwanzes um ihren Finger. Dieser Roschan sah … nun ja, ziemlich gut aus – groß, sportlich, mit einem sehr hübschen Gesicht und so weiter – aber sein *Zwillingsbruder?* Äh, was sollte man zu dem schon groß sagen? Ein kleines, rundes Fässchen auf zwei Beinen, das gut rechnen konnte. Mehr war da nicht. Oder?

Verrückt, dass diese beiden Jungs Zwillinge sein sollten.

»… ich lag d…damals sogar sechs Wochen in einem Inkubator – also einem Brutkasten …«, fügte Darius hinzu und knabberte an seiner Unterlippe. »Ich konnte zu Beginn nicht mal alleine … atmen …«

»Fertig!«, sagte der Radladenmann, der von dem, was Darius da erzählte, nichts mitbekommen hatte, in diesem Moment, und drehte das goldene Rad schwungvoll zurück auf die wieder anmontierten Räder.

Isabella strahlte. »Das ist ja fantastisch!«, rief sie begeistert. »Einfach großartig! Sie sind … mein Held des Tages!«

Ibrahim Al Bazi zwinkerte ihr zu und sah für einen Moment sehr zufrieden mit sich aus.

»Mama, krieg dich ein«, sagte Pau leise.

Isabella nestelte bereits ihr Portemonnaie aus ihrer bunten Umhängetasche mit dem Friedenszeichen darauf. »Was bin ich Ihnen schuldig?«

Als sie den Laden ein paar Minuten später verließen, strahlte Isabella immer noch. »Wow, das war nicht mal teuer, und was für ein Service! Unglaublich! Ein toller, alternativer Laden! Den muss man sich merken. – Einen Moment, bitte!«

Die Mädchen ahnten schon, was nun kommen würde. Und – richtig – Isabella zog bereits das kleine *Sammlung-der-schönen-Momente*-Notizbuch aus der Friedenszeichentasche. Das Notizheft gehörte ihnen allen zusammen – Isabella hatte es angeschafft, als ihr Vater ausgezogen war. Sozusagen als Trotzreaktion darauf. Wer etwas Schönes erlebte, notierte es, damit man es für immer in Erinnerung behielt. »… wunderbare Musik in einem fröhlichen, kleinen Radhaus gehört!«, kritzelte Isabella in diesem Moment gut gelaunt. »Kunibert wieder gesund!«, fügte sie noch hinzu und malte zum Schluss eine leuchtende Sonne hinter den Eintrag.

»Ein großartiger, umwerfend charmanter Mann, also

wirklich«, murmelte Isabella auf dem Heimweg fortwährend vor sich hin.

Und das Gleiche sagte sie am Abend zu ihrer Mutter, als die von Mallorca aus anrief, um sich nach dem Wohlergehen von Tochter und Zwillingsenkelinnen zu erkundigen. Alice hörte es zufällig, als sie noch einmal aufs Klo ging, weil sie am Abend einfach zu viel Kristallwasser getrunken hatte.

»Ein Türke. – Oder Perser? Oder Syrer, Mutter«, hörte sie Isabella schwärmen, die auf dem Balkon unter Alis Rosen saß, die Füße gegen das Schnörkelgitter gestemmt, und genießerisch ein Glas Wein schlürfte.

»Jedenfalls großartig aussehend, wirklich! Und umwerfend charmant …«

12 Roschan und Darius

Die Sommerferien waren leider schon wieder viel zu schnell vorbei. Das neue Schuljahr hatte begonnen und mit ihm die Routine mit Hausaufgaben und Aushilfen im Radhaus.

Sonntags war jetzt immer *Radhauswerkstatttag.* Diese Umsonst-Werkstatt hatte sich ihr Paps ausgedacht. Jeder, der wollte, konnte an diesen Umsonst-Sonntagen ins *Radhaus* kommen und dort selbst an seinem Rad herumschrauben. Völlig umsonst und unentgeltlich! Ibrahim gab Tipps und half, wo es nötig war. Ansonsten saß er lächelnd mit Scheherazade im Hof und machte Musik. Dazu gab es persischen Tee und Zitronenlimonade mit Pfefferminzblättern. Und natürlich Nuqol! Wer ein altes Rad hatte, das er nicht mehr brauchte, konnte es hier spenden. An Flüchtlinge aus aller Welt, von denen es im Moment eine Menge in Neustadt gab. Ibrahim und diese Isabella Schmidthuber hatten sich das zusammen ausgedacht, als sie angefangen hatten, sich zu treffen.

Einen Vorteil hatte das Ganze immerhin. Isabella hatte Yussuf, einen Flüchtling, an sie weitervermittelt, der jetzt zusätzlich manchmal im Laden und an den Sonntagen aushalf, sodass sie wenigstens ab und zu ihren Vater mal zu Gesicht bekamen. Allerdings hatte er auch oft genug stattdessen plötzlich irgendwelche ominösen Termine. Die Brüder ahnten schon, wer dahintersteckte.

Roschan war alles andere als begeistert gewesen.

»Warum datet er ausgerechnet diese komische Frau – kannst du mir das mal verraten?«, hatte er Darius am Morgen kopfschüttelnd gefragt. »Sie ist ein *Freak,* sie fährt dieses *Uroma-Ungetümrad,* sie hat zwei nervige *Töchter* und sie sieht vor allem *absolut nicht so aus,* als würde sie gerne Haushalt machen: putzen und kochen und einkaufen und so was … – Stattdessen will sie *BÜRGERMEISTERIN* von Neustadt werden!«

Darius knabberte nachdenklich an seiner Unterlippe. Anfangs hatte ihr Vater es vor ihnen geheim gehalten, dass er sich hin und wieder mit dieser Frau traf. Aber an einem sonnigen Tag in den damals noch endlos erscheinenden Sommerferien hatten er und Roschan die beiden am Fluss überrascht, wo sie nebeneinander im hohen Gras lagen und konzentriert zusammen in den Himmel hinaufsahen und sich dort … was auch immer anguckten.

»Nee, oder …«, hatte Roschan ärgerlich gemurmelt und seinen Bruder hastig in ein nahes Gebüsch gezerrt. Darius hatte nichts erwidert. Was ihm die Sprache verschlagen hatte, war nicht mal diese Frau, sondern eher die, nun ja, glückliche Miene seines Vaters. Darius konnte sich nicht daran erinnern, seinen Paps je auf diese Weise gucken gesehen zu haben.

»Sie … sie scheinen sich … hm, gut zu verstehen«, hatte er inmitten des stacheligen Buschs leise eingewandt, aber sein Bruder runzelte nur die Stirn.

»Nein, nein, und noch mal nein! Das ist ein großer Mist und sonst nichts!«, sagte er ärgerlich und zog Darius weiter durch ein paar Büsche aus der Gefahrenzone. Jetzt bloß nicht Ibrahim – und dieser komischen Frau – in die Arme laufen! Jetzt musste man taktisch vorgehen.

Elli Vanilli!

Zu Hause öffnete er mit düsterer Miene seinen Laptop. Außer Elli Vanilli hatten sich nur noch drei andere Frauen auf die gefälschte Bekanntschaftsanzeige gemeldet. Aber alle drei waren absolute Nieten gewesen. Eine schrieb, sie lebe zwar in Schottland, aber sie würde sich freuen, wenn *Daddy Cool* sie und ihre sechs Perserkatzen dort mal besuchen würde.

Hallo? Was für eine bescheuerte Idee war das denn? Schottland? Perserkatzen? Also echt …

Die zweite hatte ein Foto von sich mitgeschickt, auf dem sie mit einem dicken, plattnasigen Mops auf den Knien zu sehen war. *Ich und mein geliebter Schnuffi* stand darunter.

Warum hatten denn alle Weiber, die einen *Mann* suchten, irgendwelche komischen Viecher?

Und die dritte schrieb, sie habe selbst drei ziemlich kleine Kinder – ob das *Daddy Cool* stören würde? – Äh? JAAA!

Also blieb nur Elli Vanilli, die sie immerhin schon kannten: die schöne Elvira! Die blonde Frau von Kasse vier in ihrem Supermarkt, in die ja eigentlich Darius *verschossen* war! Aber: Würde der etwa dem Glück seines Vaters im Wege stehen?

»Sorry, dass ich mich erst heute melde!«, tippte Roschan mit verbissen-entschlossener Miene unter das Foto der schönen Elvira. »Aber ich musste mich erst mal durch die vielen Anfragen hindurchlesen, die ich bekommen habe!« (Notlügen waren ja wohl erlaubt?!)

»Rosch! Nein – nicht!«, sagte Darius unwillig, aber sein

Bruder beachtete ihn nicht. »Ich finde dich echt super«, tippte er ungerührt weiter. »Und darum würde ich dich sehr gerne mal kennenlernen!«

»Sehr gerne!!«, schrieb die schöne Elvira leider umgehend zurück. Mit einem *rosa Herzchen* daneben!

War das zu glauben? Darius biss sich niedergeschlagen auf die Unterlippe.

Und es sollte noch schlimmer kommen an diesem Nachmittag.

»Jungs?«, rief Ibrahim nämlich, als er etwas später nach Hause kam. Es war Samstag – Wochenende!

»Was?«, rief Roschan zurück. Er lag im Wohnzimmer auf dem Sofa und sah fern. Von unten hatte Herr Müller-Mueller schon ein paar Mal wütend geklopft, weil ihm die Fernsehergeräusche zu laut waren.

Ibrahim steckte den Kopf zur Tür herein. »Glotze aus! Wir müssen aufräumen! Wo steckt dein Bruder?«

»In unserem Zimmer – rechnet!«, murmelte Roschan, ohne sich zu rühren. Er schaute *Raumschiff Enterprise*, seine Lieblingsserie, die ihm heilig war, wie der Rest der Familie Al Bazi wusste. Trotzdem stellte Ibrahim den Fernseher aus. Was sollte das denn?

»He!«, regte sich Roschan auf.

»Welchen Teil an ›Glotze aus! Wir müssen aufräumen!‹ hast du nicht verstanden, Sohn eins?«, fragte Ibrahim, der sonst doch immer die Friedlichkeit in Person war. Warum, um Himmels willen, zog er denn jetzt plötzlich die Gestrenger-Vater-Show ab? Roschan runzelte die Stirn, während er hörte, wie Ibrahim im Nebenzimmer sein *Wir-müssen-aufräumen!*-Aufforderung wiederholte. Er lauschte gespannt. Würde Darius Widerstand leisten? Roschan tippte neunzig zu zehn dagegen. Darius war eben weich wie Butter. – Und er hatte sich leider nicht geirrt.

»Los, los …«, drängte Ibrahim nur Augenblicke später und schleppte Darius, einige Müllbeutel, den Staubsauger und sogar einen nassen Lappen plus dazugehörigen Eimer an.

»Wofür ist der?«, erkundigte sich Roschan und deutete auf den grünen Lappen.

»Fensterputzen«, erklärte Ibrahim vage. »Das … das macht man doch mit einem nassen Lappen, oder?« Er zauderte einen Moment. »Oder … mit zusammengeknülltem Zeitungspapier? Ich erinnere mich, dass Oma Hedia früher …«

Er kratzte sich nachdenklich am Kopf.

»Warum müssen wir überhaupt *aufräumen*? Wir räumen doch sonst *nie* auf …«, regte Roschan sich auf.

»Ähm, wegen … Isabella«, erklärte Ibrahim eine Spur verlegen und sammelte schon herumliegenden Kram ein. Mehrere leere Kircherbsen- und Pistazientüten warf er in den ersten Müllbeutel.

Roschan und Darius hoben den Kopf.

»Wegen – wem?«, fragte Roschan ärgerlich.

Ibrahim strahlte über das ganze Gesicht. »Isabella Schmidthuber. Ihr habt sie doch bei uns im Radhaus gesehen. Sie hatte dieses goldene Rad dabei und sie hat uns Yussuf …«

»Und warum sollen wir wegen DER *aufräumen?*«, unterbrach Roschan seinen Vater argwöhnisch.

»Sie kommt. Zu Besuch. Heute.«

Ibrahim seufzte tief und irgendwie ... aufgeregt – und schob behutsam Harfe eins ein kleines Stück aus dem Weg.

Roschan verzog das Gesicht. Darius aber lächelte vor sich hin.

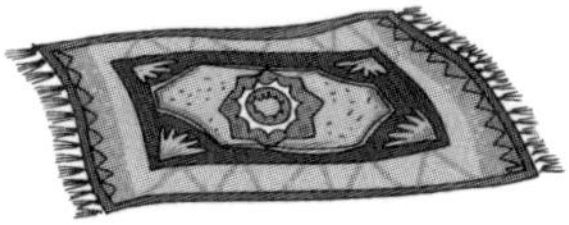

13
Ali und Pau

»Du tust – was?«, stotterte Ali entsetzt. Sie und ihre Mutter waren unten im Hof bei Lady Gaga und den anderen Bienen und Ali hatte gerade zwei volle Honigwaben aus ihrer Bienenkiste gezogen. Heute würde sie, wenn sie Glück hatte, drei bis vier Kilo Honig ernten. Die beiden Honigeimer und das Fliegengitternetz, das sie dazu brauchte, standen jedenfalls bereit.

»Nun ja, wir sind uns eben vor ein paar Wochen … rein zufällig noch mal über den Weg gelaufen«, erklärte Isabella mit so einem merkwürdigen Lächeln im Gesicht. Verträumt? Beseelt? Fröhlich? – Etwas in der Art jedenfalls.

»Und darum treffen wir uns jetzt hin und wieder«, fuhr sie fort und lächelte dabei begeistert weiter. WAS SOLLTE DAS DENN?

»Er ist wirklich *sehr* nett, Ali. Er stammt aus dem Iran. Eigentlich ist er Musiker, aber er versteht sich eben auch auf Fahrräder, und weil er als Musiker leider einfach keine Stelle findet …«

»Rein zufällig über den Weg gelaufen?«, wiederholte Ali stirnrunzelnd. »Mama, ich glaube dir kein Wort!«

»Na gut, *fast* rein zufällig. Ich bin noch ein paar Mal an seinem Geschäft vorbeigeradelt und da saß er eines Tages mit dieser fantastischen Harfe auf der Türschwelle und spielte …«

Isabella seufzte begeistert.

Ali seufzte ebenfalls. Aber alles andere als begeistert.

»Mama, wir wollen *keinen neuen … Mann* im Haus! Wenn du was Gutes tun willst, dann hol Papi zurück! Einen anderen Vater *wollen* wir nicht, verstehst du?«

Ali redete eindringlich – wie mit jemandem, der wirklich sehr schwer von Begriff ist.

Aber Isabella seufzte nur ein weiteres Mal begeistert. Du lieber Himmel!

»Mensch, Mama! Echt!«, murmelte Ali gereizt, während sie die erste Wabe, nachdem sie sich davon überzeugt hatte, das sämtliche Bienen diese verlassen hatten, in einem der Honigeimer klein schnitt. »Sag mir einfach Bescheid, wenn du dich nicht mehr mit diesem komischen Radhausmann triffst, okay? Ich meine: wenn der Blödsinn vorbei ist und du wieder *normal* bist!«

»Okay, okay«, trällerte ihre Mutter gedankenverloren und radelte winkend aus dem Hof. Ein paar Bienen summten ihr noch eine Weile hinterher, aber als Isabella Richtung Rathaus abbog, wo sie heute Mittag an einer Bürgermeisterwahlveranstaltung teilnahm, flogen die Bienen lieber in Richtung Stadtpark, wo es seit diesem Frühling eine schöne, wilde Biowiese gab.

»Wir sind halb tot!«, stöhnte Roschan gereizt und ließ sich auf das ungewohnt saubere Sofa fallen. Darius schleppte gerade den Staubsauger zurück in die Abstellkammer, aber Ibrahim polierte immer noch wie ein Wilder an den beiden Wohnzimmersprossenfenstern herum.

»Geht's allmählich?«, keuchte er atemlos.

»Ja, perfekt«, murmelte Roschan, ohne den Kopf zu heben.

»Du siehst ja nicht mal hin«, regte sich Ibrahim auf.

Ergeben hob Roschan den Kopf. »Alles paletti – wirklich. Noch nie so saubere Fenster gesehen.«

Er schnalzte genervt mit der Zunge.

Ibrahim stieg seufzend vom Stuhl und nahm die geputzten Fenster selbst in Augenschein. Dazu watete er durch ein Meer aus zusammengeknüllten Zeitungspapierbällen.

»Nur weil die Sonne nicht reinscheint«, murmelte er und rieb sich den rechten Bizeps. Dabei spähte er mit schräg gelegtem Kopf aus nächster Nähe auf eine der beiden Fensterscheiben. »Da, Schlieren«, jammerte er. »Und da … und da …«

»Reg dich ab, Paps«, murmelte Roschan, während Ibrahim sich als Nächstes die oberen Kanten der Bilderrahmen an den Wänden vornahm und sie pustend auf Überschussstaub untersuchte.

»Er ist irre geworden«, erklärte Roschan schulterzuckend seinem ins Wohnzimmer zurückkehrenden Zwillingsbruder. »Vollkommen irre …«

In hohem Bogen schmiss der ein paar der Zeitungspapierknäuelbälle in den letzten Müllbeutel, der noch an der Türklinke baumelte.

»Du willst wo mit uns hingehen?«

Ali, die in der sonnigen Küche gerade den frisch geernteten Honig ihres Bienenvolks abfüllte, starrte ihre Mutter ärgerlich an. Die Arbeit mit den Bienen machte sie eigentlich immer sehr fröhlich und gut gelaunt, aber ihre Mutter hatte

mit einem einzigen Satz alles zunichtegemacht.

Und so hatte es angefangen: Isabella war strahlend zur Wohnungstür hereingekommen. »Ali, du kannst mir gratulieren! Die Wahlveranstaltung war ein voller Erfolg!« Sie plumpste glücklich auf einen Küchenstuhl und schlüpfte aus ihren Sandalen. »Alle waren riesig begeistert von meinen Plänen für eine flüchtlingsfreundliche Politik in Neustadt! Und besonders solche Ideen wie die Umsonst-Sonntage im Radhaus kamen gut an. Und zum Ende der Sitzung hat so ein süßer Kindergartenchor mit den neuen Flüchtlingskindern sogar ein Überraschungsständchen für uns gesungen. Das hättest du hören müssen, Ali, all die süßen Winzlinge sangen ganz einträchtig: ›Wir sind Kinder einer Erde, die genug für alle hat …‹ Davon sollten sich die Erwachsenen dieser Welt mal eine Scheibe abschneiden! – Ach, Alimausilein, es war großartig!«

Isabella strahlte und trommelte mit den Fingern glücklich auf die Tischplatte. Dazu machte sie ein höchst beunruhigendes Gesicht, wie Ali fand. Es war mehr als ein Ich-hatte-einen-erfolgreichen-Bürgermeisterwahlkampftag-Gesicht. Es war eher ein Oh-mir-geht-es-in-jeder-Beziehung-fabelhaft-Gesicht …

Ali konzentrierte sich darauf, möglichst wenig Honig zu vertropfen, aber sie wurde ganz hibbelig, weil ihre Mutter irgendwie um irgendeinen »heißen Brei« herumredete, das war ja wohl so klar wie Kloßbrühe!

Aber Isabella war noch ganz versunken in was-auch-immer und wischte nur ab und zu mit dem Zeigefinger einen Honigtropfen vom Tisch, um ihn begeistert abzuschlabbern.

»Es war wirklich rundherum schön, ihr hättet eigentlich mitkommen können. Mhmm, der ist gut, Ali – sehr *aromatisch!* – Sogar der aktuelle Bürgermeister – du weißt schon, der mit der haarigen Nase – war gerührt von den singenden Kindern und hat mir sehr lange die Hand geschüttelt und viel Glück für die bevorstehende Wahl gewünscht!« Isabella hob triumphierend die Hände und streichelte gleichzeitig mit dem großen Fußzeh Runtervomsofa, die gerade durch die Küche huschte.

»Und – stell dir vor – als ich mich hinterher gerade auf den Heimweg machen wollte, habe ich zum krönenden Abschluss noch Ibrahim getroffen, der uns alle überraschend zum persischen Abendessen eingeladen hat! Also gehen wir da heute Abend hin. Es wird bestimmt nett, Alilein«, versprach Isabella und probierte noch einen Tropfen Honig.

»Tzz«, war Alis knappe Antwort. Dazu wedelte sie die honighungrige Hand ihrer Mutter weg und drehte den letzten Deckel auf das letzte Honigglas. Dann fiel ihr noch etwas ein. »Wusstest du eigentlich, dass Papi sich von dieser Tussi, mit der er in letzter Zeit dauernd rumgehangen hat, wieder getrennt hat?«, fragte sie mit möglichst harmloser Stimme. Dabei war das doch wohl die Topnachricht des Tages! Und sie war gespannt, wie ihre Mutter darauf reagierte. Ihr Vater hatte heute extra deswegen angerufen und sich reumütig bei Ali für seine Unzuverlässigkeit in der letzten Zeit entschuldigt.

Isabella zog eine Augenbraue nach oben.

»Nein, das wusste ich noch nicht, aber – was hat das mit Ibrahims Abendesseneinladung zu tun?«

»Na ja, ich dachte nur, es interessiert dich vielleicht ...«

Ali seufzte. Sie beschriftete sorgsam die Honiggläser. »Im Ernst, Mama! Warum versucht ihr es nicht noch mal zusammen? Du und Papi?«

So ging es noch eine Weile hin und her. Aber leider war Isabella stur wie ein Esel und bestand hartnäckig auf dem gemeinsamen Abendessen der Familien Schmidthuber und Al Bazi.

»O Mann«, murmelte Ali, gerade als Pau in die Küche kam. Auf dem Arm trug sie Runtervomsofa.

»Sie benimmt sich irgendwie merkwürdig«, jammerte Pau und machte ein besorgtes Gesicht.

»Was hat sie?«, erkundigte sich Isabella, wie es aussah, froh darüber, endlich ein anderes Gesprächsthema am Wickel zu haben.

»Keine Ahnung.« Pau ließ die Katze, die eigentlich Prinzessin Sakura hieß, vorsichtig auf den Küchentisch plumpsen. Runtervomsofa maunzte betrübt.

»Leg ihr einen ungeschliffenen Rosenquarz ins Trinkschälchen«, riet Isabella prompt. Sie deutete auf das Körbchen mit Steinen für alle Lebenslagen. »Du wirst sehen, Rosenquarzwasser wird sie im Nu wieder aufpäppeln!«

Ibrahim war völlig außer Atem. »Es sieht doch – besser hier aus als sonst, oder?«, keuchte er und stopfte Wischer, Eimer und Putzmittel zurück in die Abstellkammer. Er hatte das Kunststück vollbracht, gleichzeitig aufzuräumen, den Boden zu wischen und in der kleinen, vollgestellten Küche – fast alleine – ein persisches Abendessen vorzubereiten.

»Joa …«, sagte Roschan zögernd. Er und Darius waren zum Tischdecken verdonnert worden und klapperten laut mit Geschirr und Besteck. Ibrahim verschwand gerade mit dem halben Oberkörper im großen Wohnzimmerschrank.

»Was suchst du?«, erkundigte sich Darius leicht genervt.

»Kerzen«, erklang es dumpf aus dem Inneren des vermutlich vollgestopftesten Schrankes der Welt. Ibrahim bewahrte darin ungefähr eine Millionen Dinge auf.

»Achtung, denk an das wackelige Brett …«, schaffte Roschan gerade noch zu warnen, aber da war es auch schon zu spät. Das besagte Brett kippte und stürzte ab und ungefähr eine halbe Millionen Sachen gerieten dadurch ins Rutschen.

Genau in diesem Moment klingelte und klopfte es an der Tür. Darius warf einen Blick auf das Chaos rund um seinen Vater und öffnete die Tür. Vor ihm stand diese Isabella. Und hinter ihr ihre beiden Töchter. Isabella hatte eine Flasche Wein in der Hand. Sie lächelte. Unten musste die Haustür offen gestanden haben, sonst hätte Ibrahim vielleicht noch die Chance gehabt, wenigstens das schlimmste Chaos zu beseitigen, aber so …

Darius kratzte sich am Kopf und ließ die Gäste hinein.

»Oh?«, sagte Ali, als sie Sekunden später ins Wohnzimmer traten. »Macht ihr hier … eine Party?«

Ihr Blick hing an Ibrahim, der immer noch in einem Meer aus Notenblättern, auseinandergefledderten Zeitungen und anderem Kleinkram stand. In der einen Hand hielt er das herausgefallene Schrankbrett und in der anderen – immerhin – zwei neue rote Kerzen.

»Nee, nur … äh – Abendessen«, antwortete Darius verlegen.

»Es gibt persische Fleischspieße!«, sagte Ibrahim stolz, als sie sich gleich darauf zu sechst an den kleinen Tisch zwängten. »Dazu Salat und Couscous!«

Er krempelte die Ärmel seines Hemdes hoch und strahlte in die Runde. Da, wo das Brett ihn getroffen hatte, hatte er immer noch eine kleine Schramme über der Nase, aber es sei alles in bester Ordnung, hatte er der besorgten Isabella versichert, während er die halbe Millionen Sachen hastig zurück in den Schrank gestopft hatte.

Ali, die bisher verbissen auf Isabellas Smartphone gestarrt hatte (sie suchte im Internet auf Katzenseiten nach einem Hinweis darauf, was Runtervomsofa wohl fehlen könnte), hob ruckartig den Kopf. »Mama!«, rief sie entsetzt zu Ibrahims stolzen Worten. »Hast du … ihm nicht wenigstens gesagt, dass wir keine *ermordeten Tiere* essen?« Sie starrte angewidert auf die Platte mit den Fleischspießen.

»Oh«, murmelte ihre Mutter kleinlaut. »Das … das hab ich wohl vergessen zu erwähnen …«

Ibrahim machte ebenfalls ein zerknirschtes Gesicht.

Aber das war Ali egal. »Leichenteile am Spieß!«, schnaubte sie und legte alle Abscheu der Welt in ihre Worte. »Wie widerlich! Habt ihr mal *gesehen,* wie Tiere *geschlachtet* werden? Habt ihr eine Ahnung davon, wie schrecklich grausam das ist?«

Pau versuchte verlegen, ihre Schwester zu beruhigen.

»Ali!«, flüsterte sie flehentlich. »Hör auf, dich so fürchterlich aufzuregen! Bei Papi gab es letzten Monat auch Fischstäbchen! Da bist du nicht so ausgeflippt! – Iss doch einfach Salat und Couscous. Es zwingt dich doch niemand, einen Fleischspieß zu essen! Bitte …«

Aber Ali wollte sich nicht beruhigen. »Ekelhaft, ekelhaft, ekelhaft …«, murmelte sie weiter vor sich hin.

»Ali, allmählich reicht es wirklich«, mischte sich nun auch Isabella wieder ein. »Was kann Ibrahim dafür, dass ich vergessen habe, ihm mitzuteilen, dass wir beide Vegetarierinnen sind …?«

»Verflixt, doch, ich glaube sogar, das hast du mal erwähnt, Isabella«, murmelte Ibrahim in diesem Moment betrübt. Wie zum Teufel hatte er das nur vergessen können? Er raufte sich die Haare.

Roschan hingegen grinste und nahm sich schwungvoll einen der Spieße. Dazu häufte er einen hohen Berg Couscous auf seinen Teller.

»Und nun?«, fragte Ibrahim und schaute unglücklich von einem zum anderen. »Wollen wir – äh – alles wegpacken und in ein – Restaurant gehen?«

»Quatsch, wieso denn?« Roschan zerrte mit den Zähnen ein erstes Fleischstück von seinem Spieß und ließ es sich schmecken. »Schmeckt super, echt!«

»Nein, nein«, sagte auch Isabella, die Verräterin. »Das … das macht … wirklich nichts … Wir machen – einfach mal eine, nun ja, *Ausnahme …*«

Ali starrte ihre Mutter entgeistert an. »Du willst eine Ausnahme machen und einfach mal so ein *hingerichtetes …?*« Sie betrachtete unschlüssig und mitleidig die Fleischpaprikazwiebelspieße.

»Rind«, half Roschan ihr grinsend. »Vermutlich ein alter, müder, trauriger Ochse …«

Ali warf ihm einen eisigen Blick zu. »Also …«, fuhr sie fort und ließ Isabella nicht aus den Augen. »… du willst ein liebes, unschuldiges Rind *essen,* ermordet, klein geschnitzelt und an einen Holzspieß gespießt? Nur um diesem *Typ* da …« Sie deutete auf Ibrahim, der sich äußerst unwohl zu fühlen schien.

»… einen Gefallen zu tun?«

»Alice, also wirklich«, sagte Isabella. Pau warf ihrer Schwester einen verärgerten Blick zu.

»Nein! Nein! Nein!«, rief Ibrahim und nahm entschlossen die Platte mit den Spießen vom Tisch.

»He!«, machte Roschan ärgerlich. »Was soll das denn? Nur weil diese Ökospinner …?«

Wie es weitergegangen wäre, wusste keiner, denn in diesem Moment meldete sich Isabellas Handy. Es summte und wanderte dabei freundlich vibrierend über den Tisch, wie es seine Art war, wenn es im Lautlosmodus war. Ali fing es ein und warf einen Blick auf das kleine, leuchtende Display.

»Oh? Es ist Papi!«, rief sie verwundert. Ihre Stimme klang erfreut. Was ihr Vater wohl wollte? Er rief im Moment eher selten an. Und heute hatte er ja sogar schon bei ihnen durchgeläutet, um zu verkünden, dass er wenigstens wieder solo war.

»Papi?« Sie lauschte. Plötzlich riss sie erschrocken die Augen auf. »WAS?«

Jäh packte sie ihre Mutter am Arm und rüttelte daran. »Mama! Papi ist – jetzt in diesem Moment – bei uns vor dem Haus! Frau Imboden hat ihn angerufen – weil sie uns nicht erreicht hat …«

Frau Imboden wohnte in der gegenüberliegenden Dachwohnung des Hauses und spähte immer gerne in der nahen Nachbarschaft herum.

»… Runtervomsofa ist auf unserem Balkon. Sie scheint sehr krank zu sein, sagt Frau Imboden«, fuhr Ali schluchzend fort. »Wir müssen sofort los! Papi fragt, ob er in unsere Wohnung gehen darf? – Er weiß ja von Asterix und Obelix!«

Asterix war eine kleine Plastikfigur, die – statt Gallien zu bewachen – im Treppenhaus zwischen einem Zitronenbäumchen und einer Wasserlilie stand. In ihrem gallischen Inneren lag von jeher der Wohnungstür-Ersatzschlüssel.

Obelix dagegen lebte in der Schmidthuber-Küche auf der Dies-und-das-Kommode neben dem Edelsteinkörbchen. In seinem dicken Bauch verwahrte Isabella immer ein paar Hundert Not-Euro auf. Und im hohlen Plastikhinkelstein auf seinem Rücken ein bisschen Kleingeld, ein paar Briefmarken und Büroklammern.

»Klar darfst du den Asterix-Schlüssel holen, Papi!«, kreischte Ali über den Tisch, ohne Isabellas Antwort abzuwarten. Und dann nannte Ali ihrem Vater noch Ibrahims Adresse. Anschließend drückte sie mit zittrigen Fingern das Handy aus, stürmte vom Tisch fort und schlüpfte in ihre Jacke.

»Schnell, schnell, wir müssen los«, jammerte sie. »Mama? Pau? Beeilt euch doch! Papi kommt mit Runtervomsofa vorbei!«

Und während sie schon durch das Treppenhaus jagte,

wimmerte sie in einem fort: »Wusste ich es doch, wusste ich es doch, wusste ich es doch …«

Was, wenn die Katze … stürbe?

Nie, nie, nie wieder wollte sie sie Runtervomsofa nennen! Eigentlich hieß sie ja Prinzessin Sakura, aber weil Paps Katzen in der Wohnung nicht leiden konnte, hatte sie dieses dämliche »Runter vom Sofa!« bis zu seinem Auszug so oft zu hören bekommen, dass sie irgendwann begonnen hatte, darauf zu hören! Das musste man sich mal vorstellen!

»Weg sind sie …«, sagte Roschan zufrieden und stellte die Platte mit den leckeren Fleischspießen wieder auf den Esstisch zurück. Der Abend konnte ohne die drei verrückten Schmidthubers nur besser werden! Ibrahim dagegen lehnte sich so weit aus dem Wohnzimmerfenster ins Freie, dass Darius befürchtete, er könne jeden Moment hinausfallen.

»Paps!«, rief er besorgt, aber Ibrahim hörte und sah nichts außer Isabella, die unten auf der Straße in einem schicken silbrigen BMW verschwand, der eben vor ihrem Haus gehalten hatte.

Darius quetschte sich an Ibrahims Seite und spähte ebenfalls nach unten.

»Isabella?«, rief Ibrahim, bevor sie vollends weg war. »Soll … ich nicht vielleicht mitkommen?«

Aber Isabella winkte ab. Sie deutete erst auf die schluchzende Ali und dann auf den Mann hinter dem Steuer, der einen ziemlich ungeduldigen Eindruck machte. Sein linker Arm hing durch das Fahrerfenster nach draußen und seine

Fingerspitzen trommelten, zur Eile antreibend, gegen das silberne Wagenblech. Sämtliche Fenster des BMW standen sperrangelweit offen und Darius hörte Isabellas Exmann ein paar Mal laut und allergiegeplagt niesen, ehe das Auto davonbrauste.

»Ach, ach, ach«, seufzte Ibrahim, als er sich dazu durchringen konnte, das Wohnzimmerfenster endlich wieder zu schließen. Und das war erst eine ganze Weile, nachdem der BMW am Ende der Agrippastraße um die Ecke gebogen war.

»So was nennt man einen gründlich versemmelten Abend«, erklärte Roschan kauend.

»Ach, ach, ach«, seufzte sein Vater ein zweites Mal, als er wieder zurück an den Tisch kam und sich schwer auf seinen Stuhl plumpsen ließ. Wehmütig betrachtete er zuerst sein stehen gebliebenes Abendessen und dann die Rotweinflasche, die Isabella mitgebracht hatte.

»Nimm's nicht so schwer, Paps«, sagte Darius tröstend, als Ibrahim die beiden roten Kerzen ausblies.

»Ach, ach, ach«, kam es ein drittes Mal von Ibrahim und Darius begann, sich Sorgen zu machen, dass sein Vater vor Kummer bis auf diesen einen trostlosen Laut womöglich die Sprache verloren haben könnte. Aber dann raffte Ibrahim sich doch zu einem ganzen Satz auf: »Isabella und ich haben nämlich siebenundachtzig Sachen gemeinsam«, erklärte er seinen Söhnen. »Wir haben gestern Abend eine Liste gemacht …«

»Oha!«, entfuhr es Roschan entsetzt. »Ich dagegen habe ’ne Allergie gegen diese Familie, glaub ich!«

Darius warf seinem Bruder einen vorwurfsvollen Blick zu, als Ibrahim daraufhin wieder mit seinem »Ach, ach, ach« anfing.

»Wie – du steigst nicht mal mit aus?«, regte sich Ali auf, als ihr Vater vor der Tür der Tierarztpraxis hielt, die an diesem Abend Wochenendnotdienst hatte. Prinzessin Sakura lag schlaff und mit halb geschlossenen Augen auf ihrem Schoß. Ab und zu maunzte sie sehr, sehr leise. Zu mehr Lebenszeichen schien sie nicht imstande.

Lars Schmidthuber nieste gereizt. Dazu schnalzte er mit der Zunge, wie er es immer tat, wenn man ihn über Gebühr strapazierte.

»Das schafft ihr gut ohne mich«, erklärte er, als er mit Niesen und Schnalzen fertig war, und warf einen Blick auf seine Armbanduhr. »Ich habe heute Abend noch einiges … wegzuarbeiten. Los, raus mit euch. Katzenhaare sind Gift für mich, das wisst ihr doch!«

Isabella stieg als Erste aus und winkte dann den Mädchen zu, ihr zu folgen. Ali schniefte und würdigte ihren Vater keines Blickes mehr.

Oben in der Praxis wurde Prinzessin Sakura wenig später von einer wenig einfühlsamen Arzthelferin geröntgt.

»Eine wirklich hübsche Mieze-Mau«, trällerte sie bloß und fügte hinzu, Ali und Pau sollten sich nicht allzu sehr sorgen. »Bestimmt hat sie nur eine kleine Magenverstimmung.«

Das Röntgengerät summte. Ali und Pau im Nebenraum sahen sich ängstlich an.

»Was ist das denn?«, rief Isabella entsetzt, als sie hinterher alle zusammen mit dem Tierarzt und der Arzthelferin auf das beleuchtete Röntgenbild starrten.

»Nun ... Hm ... eindeutig ein Fremdkörper ...«, sagte der Tierarzt mit zusammengekniffenen Augen.

Plötzlich schrie Pau auf. »Das ist ja Oberst von Gatow!«

»Tatsächlich!«, keuchte Ali.

»Wie bitte?« Der Tierarzt machte ein verwirrtes Gesicht.

»Himmel – ja! Jetzt erkenne ich ihn auch!«, rief Isabella. »Er *steht* in Runtervomsofas Magen und ... und es sieht – in der Tat so aus, als, nun ja, *winke* er uns von dort aus zu. Wie ... wie schrecklich!«

Der Tierarzt verstand immer noch kein Wort.

»*Cluedo!*«, erklärte Ali verzweifelt und packte ihn an seinem weißen Arztkittelärmel. »So ein Spiel. Und Oberst von Gatow ist eine Spielfigur! Wir ... wir haben das Spiel gestern gespielt. Es ... es stand noch in unserem Zimmer auf dem Boden ...«

Sie brach erneut in Tränen aus und Pau legte ihr einen Arm um die Schulter. »Und sag nicht mehr Runtervomsofa zu ihr, Mama! Bitte! Ihr Name ist ...«

»Operieren«, unterbrach der Tierarzt da Alis Geschluchze. Plötzlich wirkte er sehr geschäftig. »Dieser Oberst Sowieso muss raus! Und zwar rasch!«

Und dann mussten Isabella, Ali und Pau nach Hause gehen. Ohne Prinzessin Sakura, die – zusammen mit Oberst von Gatow – in der Praxis zurückblieb.

»O Hölle!«, knurrte Ibrahim, denn statt eines schönen Abendessens mit Isabella hatte er jetzt überraschend Oma Hedia am Hals. Anders konnte man es nicht nennen. Via Skype war sie – sozusagen – ins Haus geschneit.

»Paps? Äh, Paps …?«, rief Roschan, der vor dem Laptop saß, als Oma Hedias gebieterisches Gesicht wie aus dem Nichts auf dem Bildschirm auftauchte und umgehend nach ihrem einzigen Sohn verlangte.

»Wo ist er?«, schnaubte Oma Hedia ungeduldig. »Was tut er? Er wird doch wohl ein bisschen Zeit übrig haben für seine alte Mutter? Wer weiß, wie lange ich noch lebe! Hol ihn, Roschan! Schaff ihn mir herbei! Ahhh, Deutschland verdirbt mir meinen guten Sohn! Wo sind seine Manieren geblieben? *Tagelang* hat er sich nicht bei mir gemeldet! Sein Vater – Allah hab ihn selig – würde sich im Grab umdrehen, wenn er das wüsste …«

Ibrahim, am anderen Ende des Zimmers und das Ohr am Handy, winkte ab. »Ich versuche gerade, Isabella zu erreichen«, versuchte er, Oma Hedia abzuwimmeln. »Ich wollte mich mal nach der, nun ja, kranken Katze erkundigen. Ob wieder alles in Ordnung ist …«

Aber Isabella ging nicht an ihr Mobiltelefon. Ibrahim warf einen Blick auf die Uhr. Es war schon fast einundzwanzig Uhr. Am Festnetz in Isabellas Wohnung nahm auch keiner den Hörer ab.

»Ibrahim!«, bellte Oma Hedias Stimme gebieterisch quer durch das ganze Wohnzimmer. »Was *sind* denn das für *Manieren*? Komm gefälligst her, wenn ich nach dir rufe!«

Ibrahim seufzte schwer und Darius wettete schon darauf, dass er gleich wieder mit seinem »Ach, ach, ach« anfangen würde, aber Oma Hedia ließ ihren Sohn gar nicht erst zu Worte kommen.

»Schau her!«, rief sie stattdessen. »Erinnerst du dich an Onkel Reza? Und Onkel Jamal? Und Großonkel Halil? Und Urgroßonkel Mohammed?«

Mehrere bärtige Köpfe tauchten dicht aneinandergedrängt auf dem Monitor auf.

»*Salam,* Ibrahim!«, rief Onkel Jamal. Auch die anderen Onkel riefen »Salam!« und winkten.

»Mutter?«, stotterte Ibrahim alarmiert. »So ... so viel Besuch? Ist etwas ... passiert?«

Oma Hedia kam mit ihrem runzeligen Gesicht so nah an ihren eigenen Computermonitor, dass Ibrahim und Roschan für einen Moment nur noch ihre knittrige Nase sehen konnten, und selbst diese nur ziemlich verpixelt.

»Unsinn, nichts ist *passiert!* Noch nichts wenigstens! Aber bald wird etwas passieren, mein guter Junge! Wir suchen nämlich hier und jetzt eine *Frau* für dich, Ibrahim!«, verkündete Oma Hedia laut und sehr zufrieden mit sich selbst. Die vielen Onkel im Hintergrund lachten dröhnend. Gläser klirrten. Musik spielte. Die Stimmung in Ibrahims altem Heimatdorf schien an diesem Abend sehr ausgelassen zu sein.

»Was? – WAS?? – *Nein!«,* rief Ibrahim entsetzt, als Oma Hedias Worte endlich in das Innere seines mit Isabellas Abwesenheit beschäftigten Gehirns vorgedrungen waren. »Nein! Nein! Nein, Mutter! Das ... das verbiete ich dir!«

»O doch! Doch! Doch! Doch!«, gab Oma Hedia streng

zurück. »Vetrau deiner alten Mutter, mein Junge. Ich kenne dich besser als jeder andere. Sogar besser, als du dich selbst kennst! Glaub mir: *Ich finde die richtige Frau für dich!«*

Roschan und Darius blickten sich mit offenen Mündern an. Was ging denn hier ab? Sollte das vielleicht … ein Witz sein? Aber Urgroßonkel Mohammed, der schon fast hundert war, war alles andere als ein Witzbold. Das wussten Roschan und Darius aus eigener Erfahrung. Urgroßonkel Mohammed war ein, nun ja, sehr *gläubiger* Mann. Die Leute im Dorf fürchteten sich fast ein bisschen vor ihm und allseits war bekannt, dass er *niemals* Späße machte. Er betete den lieben langen Tag und lächeln oder lachen sah man ihn höchstens auf Verlobungen und Hochzeiten. Denn für die hatte er etwas übrig. Ansonsten interessierte ihn nur Allah.

Oh, oh …

Am anderen Morgen konnten Isabella, Ali und Pau die am Leben gebliebene Prinzessin Sakura und den desinfizierten und immer noch fröhlich winkenden Oberst von Gatow getrennt voneinander wieder in der Tierklinik abholen.

»Oh, meine arme kleine Katze …«, flüsterte Ali und schloss die Katze in die Arme. Den scheußlichen, wenn auch gereinigten Oberst von Gatow dagegen steckte sie mit spitzen Fingern in die Tasche.

Der Tierarzt grinste. Er sah zwar leicht übernächtigt und etwas zerzaust aus, aber er erlaubte sich dennoch einen letzten Scherz mit der glücklich ins Leben zurückgekehrten Katze mit der kleinen Naht am Bauch.

»Hallo, *Prinzessin Sakura?!*«, rief er, während er ein paar letzte Bemerkungen in die Krankenakte der Katze kritzelte und ein Rezept ausstellte. Die Katze bewegte nicht ein Ohr.

»Äh – *Runtervomsofa?*«, probierte der Tierarzt es erneut. Die Ohren der Katze zuckten und sie wendete den Kopf in seine Richtung.

Der Tierarzt grinste. »Wenn ich dir einen Rat geben kann, dann lasst dem Spielfigurenverschlinge-Vieh seinen verrückten Namen«, sagte er daraufhin zu Ali. »Sie scheint nichts dagegen zu haben! Und lustig und ausgefallen ist er allemal!«

14
Roschan und Darius

»Meine *Mutter* will mir eine *Ehefrau* aussuchen?«, regte Ibrahim sich mehrere Tage lang auf. Er futterte Kichererbsen mit Zuckerguss wie ein Verrückter. Das tat er immer, wenn seine Nerven mit ihm durchgingen. »Ha, das werden wir ja sehen!« Mit bebenden, ölverschmierten Fingern schraubte er so aufgebracht an einem Citybike herum, dass man sich um das Rad direkt Sorgen machen konnte. Darius schoss der Gedanke durch den Kopf, dass sein Vater ihm zwar leidtat, dass es aber dennoch eine Riesenungerechtigkeit war, dass Ibrahim MASSENWEISE Nuqols in sich hineinstopfen konnte und trotzdem dünn und athletisch blieb, während er selbst …? Darius seufzte.

Ob Ibrahim sich in der Zwischenzeit mal wieder mit dieser Isabella Schmidthuber getroffen hatte? Er verweigerte ihnen jegliche Auskunft darüber und behauptete, Roschan müsste erst mal lernen, sich zu benehmen, aber es sei nicht auszuschließen.

Die Katze schien jedenfalls überlebt zu haben. Das hatte Ibrahim seinen Söhnen berichtet. Dann hatte er wieder mit den siebenundachtzig Sachen angefangen, die er und diese Isabella angeblich gemeinsam hätten, aber Roschan hatte ihn kurzerhand unterbrochen.

»Paps! Darius und ich haben auch nachgedacht. Und stell dir vor: Es gibt sieben Gründe, warum du *nicht* mit ihr rumhängen solltest. Nein – warte! Acht! Nein, sogar neun!«

Seitdem herrschte im Haus Al Bazi leicht angespannte Alltagsstimmung.

»Ich habe gar nicht mit dir *nachgedacht*«, wandte Darius hinterher ein, aber Roschan stellte seine Ohren auf Durchzug.

Tagelang zerbrach er sich den Kopf, wie er seinen Vater dazu bringen sollte, sich wenigstens mal zur Probe mit der schönen Elvira zu treffen.

»Paps?«, fragte er eines Abends, als sie zu dritt am Esstisch saßen und leicht angebranntem Reis mit Granatapfelsirupsoße aßen, Paps absolutem Lieblingsessen. Das leicht Angebrannte gehörte unbedingt dazu. Der Reis musste dazu extra in der Pfanne nachgeröstet werden. »Oma Hedias Idee mit dem … Heiraten – so ganz schlecht ist die doch nicht, oder? Muss ja keine Tochter von Großonkel Halil sein. Und *natürlich* nicht diese komische Isabella Schmidthuber … aber …«

Ibrahim ließ die Gabel mit dem knusprig-angekokelten Reis in Soße sinken. Er machte ein Gesicht, als habe er auf etwas völlig Unverdauliches gebissen.

»Heiraten? Himmel, fängst du jetzt auch noch an? Oder hat Oma Hedia dich auf mich angesetzt? Zuzutrauen wäre es ihr! – Lieber Sohn eins, schreib es dir hinter die Ohren: Ich habe über eine erneute *Heirat* bisher noch nicht mal nachgedacht!«

Er schaute instinktiv und beinahe entschuldigend zu dem alten Familienbild empor, das in einem kleinen, schnörkeligen Goldrahmen an der Wand über dem Esstisch hing. Die Köpfe der Zwillinge wanderten automatisch mit. Darauf waren Paps, Yaz und die damals noch sehr kleinen Zwillingsbabys zu sehen. Yaz strahlte auf dem Bild und sah wie ein …ja, echt, wie ein *Model* aus einer Zeitung oder so aus. Und Paps? Er sah einfach nur – glücklich und zufrieden aus.

»Ich … ich …« Ibrahim suchte nach Worten. Weil er sie in der deutschen Sprache nicht fand, redete er auf Persisch weiter. Das tat er oft, wenn er im Ich-stopfe-ununterbrochen-gezuckerte-Kichererbsen-in-mich-rein-Modus war. So wie jetzt.

»Ich … ich trauere schließlich immer noch um eure Mutter! Das wisst ihr doch, Jungs – oder?«, murmelte er auf Persisch.

»Paps, du trauerst seit über zehn Jahren«, gab Darius auf Deutsch zu bedenken.

»Ich … ich weiß«, seufzte Ibrahim wiederum auf Persisch.

Roschan machte ein ärgerliches Gesicht. Was sollte denn das? Er selbst hatte doch diese Isabella Schmidthuber ins Haus geschleppt? Nur war sie eben hundertprozentig die *Falsche!* Warum sträubte er sich jetzt plötzlich so?

Gereizt stocherte Roschan in seinem Reis mit Hühnchen und Soße herum. Verdammt, das Leben war wirklich äußerst verzwickt. Düster hing er weiter seinen Wie-bekommen-wir-eine-geeignete-Frau-ins-Haus-Gedanken nach, während Darius über die mathematische Zahl *Pi* zu sprechen begann. Und Paps über Sinfonien, Sonaten und Streichquartette. Wenn man es genau nahm, waren sie wirklich ein merkwürdiger Haufen!

An Tag darauf versuchte Roschan es erneut. Jetzt hieß es einfach, hartnäckig zu sein. Sie waren beim abendlichen Abwaschen, weil die altersschwache Spülmaschine mal wieder streikte. Statt zu spülen, wie sie sollte, pfiff sie, sobald man sie einschaltete, in den höchsten Tönen. Warum auch immer.

»Du, Paps?«

»Hm?« Ibrahim schüttete einen großzügigen Schwall Spülmittel ins Spülwasser. Er liebte schaumiges Wasser.

»Paare leben übrigens – äh deutlich länger als Singles … – wusstest du das? Und außerdem sind sie … im Berufsleben erfolgreicher! Das ist wissenschaftlich erwiesen!«

Ibrahim schabte mit einer sehr schaumigen Spülbürste an der Bratpfanne herum. »Oh? Und wo hast du diese verwegenen … Weisheiten aufgeschnappt, Sohn eins?«

»Ach, zufällig online gelesen«, murmelte Roschan. Ob sein Vater ihm das abnahm? Er hatte diese Thesen schließlich gerade erst erfunden.

Darius, der im Schneidersitz auf dem Küchentisch saß und mit zusammengekniffenen Augen die Funktion $f(x) = x \cdot |x| - 2x$ betrachtete, schnaufte leise zu diesen Worten. Er war dabei, ein rechtwinkeliges Koordinatensystem zu zeichnen.

»Und was soll mir das sagen, Sohn eins?« Ibrahim machte ein leicht verwirrtes Gesicht. Im Hintergrund erscholl lautstark Beethovens *Ode an die Freunde.* Ibrahim machte Haushalt immer nur mit Beethovens *Ode an die Freude.* Anders brachte er Haushaltsdinge einfach nicht fertig. Nicht mal halbwegs.

»Na, *Frauen* im Haus sind eben gut, wenn man *Kinder* hat, Paps!«

Roschan knallte einen Teller, den er gerade trocken gerieben hatte, unsanft neben Darius auf den Küchentisch. »Wegräumen ist dein Part«, sagte er dazu. »Los, mach auch mal was, Einstein.«

»Geht gerade nicht. Ich zeichne den Graph der Funktion f«, murmelte Darius und schob den Teller zur Seite.

»Frauen im Haus sind gut, wenn man Kinder hat?«, wiederholte Ibrahim unterdessen Roschans Worte. *»Frauen?* Gleich mehrere?«

Er drückte seinem Sohn die saubere Pfanne in die Hand. »Da, abtrocknen.« Dann grinste er plötzlich. »Wie mein Ur-Ur-Urgroßvater Alireza Al Bazi? Der hatte, wenn ich mich richtig entsinne, gleich vier Ehefrauen. Zumindest behauptete mein Vater das früher immer, wenn er mal Streit mit meiner Mutter hatte. ›Wenn du weiter mit mir herumzankst, mache ich es wie mein Ur-Urgroßvater Alireza! Dann suche ich mir noch drei zusätzliche Frauen …‹«

Ibrahim grinste jetzt über das ganze Gesicht. »Vier Frauen und zweiundzwanzig Kinder soll der alte Haudegen im Ganzen gehabt haben! Eins davon war dann mein Ururgroßvater! Stellt euch das mal vor! Das gäbe ja ein Mordsgedränge hier …« Ibrahim durchmaß die kleine Küche mit zusammengekniffenen Augen.

O Mann! Mit seinem Vater konnte man einfach kein vernünftiges Gespräch führen.

»Äh, Paps, würdest du denn zu einem … sagen wir mal … *Blind Date* gehen?«, war darum an einem Sonntagabend, nachdem sie mal wieder den ganzen Tag beim Umsonst-Sonntag verbracht hatten, sein letzter Versuch in Sachen Wie-finden-wir-eine-nette-kinderlose-arbeitswütige-gute-neue-Ehefrau-für-meinen-störrischen-Vater.

»Du lieber Himmel – zu einem Blind Date? Warum denn das? Wofür sollte das gut sein?«

Ibrahim, der an seiner Harfe saß und an einer schwierigen Symphonie übte, riss entsetzt die Augen auf.

Zur Hölle, der Irre tat ja gerade so, als seien Frauen *Monster!*

Dabei hatte er doch vorhin – im Badezimmer – lange und leise und flüsternd telefoniert. Roschan konnte sich schon denken, wer am anderen Ende der Leitung gewesen war.

15
Ali und Pau

In Neustadt gab es natürlich massenweise Restaurants und Cafés. Zum Beispiel das Café *Wohlgemuth* in der Brunnengasse, die Pizzeria *Luigi* am Marktplatz, den Gasthof *Zur grünen Linde* am Schlosspark – und so weiter. Aber das beste Restaurant der Stadt war unbedingt das *Leib und Seele.* Darin waren wenigstens Ali und Isabella sich einig. Im *Leib und Seele* gab es nur vegane Produkte, also kein Fleisch, keine Eier, nichts aus Milch, Sahne oder Joghurt. Das Trinkwasser bekam man dafür, wenn man wollte, mit Edelsteinen garniert, die man sich in einer Edelsteine-Ecke ganz nach Bedarf kaufen konnte. Es gab beispielsweise Edelsteine gegen Stress, gegen Kopfweh, gegen Erkältung und so weiter. Aber auch Edelsteine für gute Laune, für Liebe, für ein Lächeln im Gesicht – und solche Sachen. Paus und Alis Vater Lars, der für sein Leben gerne Bratwurst und Steaks und Sauerbraten und solche Sachen aß und nicht an kosmische Steinenergie glaubte, war das *Leib und Seele* ein Graus gewesen, aber seit er ausgezogen war, gingen Isabella, Ali und Pau oft dorthin.

Alle großen Neuigkeiten wurden seitdem dort verkündet. Papas Auszug war die erste gewesen, die im *Leib und Seele* zur Sprache gekommen war. Damals hatte Isabella für jeden von ihnen einen Malachitstein gekauft – Malachit war gut bei Kummer!

Und auch, als Isabella Frauenbeauftragte im Rathaus geworden war, hatte sie ihnen das dort eröffnet. Bei einem *Frühlingssalat für drei* und dreimal Quellwasser mit Rosenquarz. Und als Oma beschlossen hatte, nach Mallorca auszuwandern, war auch das im *Leib und Seele* zur Sprache gekommen. Bei einer Glaskaraffe Turmalinwasser und vier Portionen Kichererbsen-Avocado-Bällchen.

»Warum willst du mit uns dahin?«, fragte Pau darum äußerst misstrauisch, als Isabella in der darauffolgenden Woche mit harmloser Miene ein Mittagessen im *Leib und Seele* ankündigte.

»Pffff ... pfff ...«, war Isabellas wenig aussagekräftige Antwort. Sie war dabei, sich ihre Fingernägel mit Bionagellack ohne Schwermetalle zu lackieren und eben erst in die Trockenpustphase eingetreten.

»Mama!«, wiederholte Pau mit gerunzelter Stirn. »*Was* sollen wir im *Leib und Seele? Was liegt an?* Sag!«

»Runtervomsofa?«, rief Ali unterdessen aus dem Nebenzimmer. »Wo bist du denn bloß?«

Die spielfigurenverschlingende Katze war wirklich ein wahres Problemtier, anders konnte man es nicht nennen. Ali hatte sie vor etwas mehr als einem Jahr auf der Straße aufgelesen, wo sie am ganzen Körper zitternd halb unter einem Auto kauerte, das im Begriff war loszufahren. Ali hatte das alles innerhalb weniger Sekunden erfasst: die panische Katze! Die an ihrem Rücken festgezurrte Schnur, an der am anderen Ende mehrere zerknautschte Bierdosen hingen! Und die fürchterliche Gefahr, dass die Katze, die das nicht begriff, in wenigen Sekunden von dem anfahrenden Wagen, unter dem sie hockte, überfahren werden würde!

Wie eine Furie war Ali über die Straße gesprintet und dabei selbst beinahe von einem Auto, das in diesem Moment dort aufgetaucht war, überrollt worden. Der Autofahrer hatte im letzten Moment gebremst, war aus seinem Wagen gesprungen und hatte Ali am Arm gepackt und angebrüllt: «Geht's noch?« und «Bist du von allen guten Geistern verlassen?« und «Das war knapp, du verrücktes Kind!« und solche Sachen. Aber Ali hatte nur Augen für die winzige Katze unter dem Auto am Straßenrand gehabt. Sie hatte den zeternden Mann abgeschüttelt und sie gerettet. Und seitdem gehörte Prinzessin Sakura eben zur Familie und stand unter Alis persönlichem Schutz. Sakura war übrigens japanisch und bedeutete *Kirschblüte.* Im letzten Jahr war Ali noch ein großer Manga-Fan gewesen, so erklärte sich der Name, mit dem sie die gerettete Katze getauft hatte – auch wenn sie jetzt alltags Runtervomsofa hieß. »Sie hat – so was wie … ADHS«, erklärte sie geduldig allen Leuten, denn die Katze hatte den Schock, dass ihr jemand diese Schnur mit den scheppernden Dosen um den Bauch gebunden hatte, noch immer nicht ganz überwunden. Und darum war sie wahnsinnig scheu, kombiniert mit wahnsinnig wild, kombiniert mit hin und wieder wahnsinnig apathisch. Nur wenn Ali sie hochnahm – und sie nicht gerade eine Spielfigur verspeist hatte – war sie einigermaßen normal und umgänglich.

»Mama? Pau? – Habt ihr zufällig Runtervomsofa irgendwo gesehen?«, kreischte Ali jetzt besorgt aus dem Nebenzimmer. »Ich kann sie *nirgends* finden!«

»Nein, jetzt wo du es sagst …«, rief Isabella zurück und hob den Kopf, und statt ihre Nägel weiter anzupusten, wedelte sie jetzt mit den Fingerspitzen in der Luft herum. »Schon eine ganze Weile nicht mehr …«

»Pau?« Ali schaute zur Tür herein. »Hilf gefälligst suchen!«

Aber die Katze blieb verschwunden.

»Das gibt es doch nicht … Sie *muss* doch irgendwo stecken …«, murmelte Ali und bekam das Sommersprossengesicht, das sie immer bekam, wenn sie sich Sorgen machte. Das Sommersprossengesicht entstand, wenn sie blass wurde. Dann traten ihre Sommersprossen deutlicher in ihrem Gesicht hervor.

Isabella schlüpfte unterdessen in ihre Schuhe. »Oh, ach ja – vorhin wurde unten der Altglascontainer geleert«, sagte sie dabei. Es war ihr gerade erst wieder eingefallen und sie warf Ali einen zerknirschten Blick zu.

»Verdammt!«, entfuhr es Ali. Das Altglasentleer-Geräusch war Gift für Runtervomsofas dauerangeschlagenes Nervenkostüm. Ali schätzte, dass die Katze das laute Geräusch an die Dosen, die ihr damals irgendein Idiot um den Bauch gebunden hatte, erinnern musste. Jedenfalls hasste sie das Altglasgeschepper wie die Pest und geriet jedes Mal in absolute Panik, wenn es ertönte.

»Warum hast du nicht nach ihr gesehen, als es losschepperte?«

Ali warf ihrer Mutter einen vorwurfsvollen Blick zu. »Du hättest sie hochnehmen müssen! Oder ihr wenigstens ihre Beruhigungs-Globuli geben können! Mensch, Mama!«

Isabella machte ein kleinlautes Geräusch. »Ich … ich war am Telefon … und – ich schätze … ich … äh … habe es einfach – vergessen …«

Ali starrte ihre Mutter böse an. »Wenn im Klo wieder das Fenster offen steht …«

Sie raste bereits los, denn die Katze hatte sich schon mal, aufgeschreckt von irgendeinem Lärm, aus dem Toilettenfenster mit einem Sprung ins »Freie« gerettet! Und sie wohnten schließlich im dritten Stock! Direkt unter dem Dach! Es war ein wahres Wunder gewesen, dass der Irren damals nichts zugestoßen war.

»Na, bitte! Offen!«, kreischte Ali im nächsten Moment. Sie hängte ihren Oberkörper, so gut es ging, aus dem kleinen Fenster und spähte in die Tiefe. Gott sei Dank, wenigstens lag die Katze nicht mit zerschmetterten Gliedmaßen im Hof.

Sie suchten noch eine Weile in der Wohnung, im Hof und in der Straße und Ali raschelte ungefähr tausendmal lockend mit der Trockenfutterschachtel, aber die Katze blieb verschwunden.

»Ich habe den Tisch im *Leib und Seele* für vierzehn Uhr reserviert«, sagte Isabella irgendwann unruhig. Sie schaute immer wieder verstohlen auf ihr Handy und zwei Mal tippte sie sogar eine schnelle Nachricht hinein. »Wir müssen allmählich … äh … wirklich los …«

16
Roschan und Darius

Die Sache mit der schönen Elvira war gescheitert! Anders konnte man es nicht nennen. Und schuld daran war nur Darius, dieser Megatrottel – o Mann!

Dabei war Roschans Plan so gut gewesen: Zuerst einmal hatte er ein paar coole Klamotten im H&M-Onlineshop bestellt: eine angesagte schwarze Jeans, ein weißes Langarm-Shirt, dazu ein lockeres Sakko. Alles bestens aufeinander abgestimmt und – in der Konfektionsgröße von Paps!

Als der Postbote das Paket dann brachte, riss Roschan es mit begeisterter Miene mitten im vollgestopften Wohnzimmer auf.

»Hast du dir was zum Anziehen bestellt?«, fragte Ibrahim verwundert und sah von der Harfe auf. Er spielte gerade Variationen zu *Hallelujah* von Leonard Cohen. Warum er den bloß plötzlich am Wickel hatte? Normalerweise spielte Paps doch ausschließlich klassische Musikstücke?

Roschan nickte zu der Bestellfrage. Diese Schummelei war Teil seines ausgeklügelten Plans.

»Verdammt!«, rief er darum im nächsten Moment und bemühte sich um einen äußerst entgeisterten Gesichtsausdruck. Melodramatisch hielt er das Sakko in die Höhe.

»Was ist los?«

Paps nahm den Fuß vom Harfenpedal.

»Die spinnen wohl bei H&M! Alles zu groß! Völlig falsche Größen!«

Darius, der gerade Ibrahims aktuelle Steuererklärung ausrechnete, hob den Kopf und zog eine Augenbraue nach oben. Er war ein lebender Lügendetektor, das wusste Roschan. Darius *spürte* Unwahrheiten, so klein und popelig sie auch waren. Hoffentlich hielt er den Mund. Roschan warf ihm einen knappen, warnenden Blick zu. Da drehte Darius sich aufschnaufend zurück zu Paps' verstreut herumliegenden Steuerunterlagen.

»Dann wirst du den Kram wohl zurückschicken müssen«, sagte Paps achselzuckend. »Pack halt alles wieder ein und trag's zur Post. Geht doch ganz schnell …«

»Ja, kostet aber massig Rücksendeporto«, gab Roschan zähneknirschend zurück. »Und wo wir doch eh so schwach bei Kasse sind.«

Er legte eine Kunstpause ein. Wenn das kein guter Schachzug war.

»Eben … Woher hast du denn überhaupt das Geld für die Bestellung?«, hakte Ibrahim verwirrt nach, was kein Wunder war. Der Monat neigte sich seinem Ende zu und die Kohle war mal wieder knapp im Hause Al Bazi.

»Von Oma Hedia – ich hab ihr neulich mal gemailt, dass ich praktisch nichts mehr zum Anziehen habe, und darum demnächst vermutlich nackt zur Schule gehen muss!«

Roschan grinste breit.

»O nein, o nein«, machte Paps und sah auf einmal aus, als habe er plötzlich enorme Zahnschmerzen. »Was fällt dir ein, Roschan? Ich wollte mich in der nächsten Zeit am besten *gar nicht* bei ihr in Erinnerung bringen, in der Hoffnung, dass sie dann diesen Ehefrau-Unsinn vergisst! – Du weißt doch: Oma Hedia ist ein Drache in Menschengestalt.«

Ibrahim fuhr sich wild durch die schwarzen Locken. Roschan hatte für einen Moment Mitleid mit seinem Paps. Es war der alten Frau seit Jahren ein riesiger Dorn im Auge, dass ihr einziger Sohn – den sie *Juwel* nannte – weit weg im sündigen Deutschland lebte! Und das auch noch ohne treue, fürsorgliche, persische Ehefrau! Dass er stattdessen in diesem »schmuddeligen Männerhaushalt«, wie sie es nannte, selbst kochte und putzte (obwohl er das ja gerne seinen Zwillingssöhnen überließ, dachte Roschan stirnrunzelnd) und dass er außerdem immer noch keine Anstellung als berühmter Harfenist am Theater oder der Oper hatte, sondern stattdessen in einem kleinen, heruntergekommenen Fahrradladen arbeiten musste, ging ihr gehörig gegen den Strich. Sie ließ eigentlich keine Gelegenheit aus, ihnen das zu sagen.

»Willst *du* den Kram vielleicht mal anprobieren, Paps? – Ich meine, wo er jetzt schon einmal da ist?«, fragte Roschan, als er sich wieder gefangen hatte, mit möglichst harmloser Miene. Er wedelte mit dem Sakko in der Luft herum. »Ich glaube, die Sachen sehen so aus, als könnten sie … ähm … dir ganz gut – passen?«

Wieder schnaubte Darius, der mit dem Rücken zu ihnen saß, geräuschvoll durch die Nase.

»Was geht, Bruder?«, fauchte Roschan drohend in seine Richtung. »Hast du vielleicht Schnupfen? Soll ich dir ein TASCHENTUCH holen?«

Da hörte Darius auf zu schnaufen und Ibrahim probierte tatsächlich die Sachen an. Roschan war sehr zufrieden. Na also, der erste Teil seines Plans hatte funktioniert. Jetzt hieß es: dranbleiben. Weil Ibrahim sich ja leider mit Händen und Füßen gegen ein *Blind Date* in einem gemütlichen Restaurant sträubte, hatte Roschan beschlossen, die Strategie zu ändern.

»Ein kleines Treffen zwischen Tür und Angel«, hatte er vor sich hin gemurmelt, während er, statt seine Hausaufgaben zu machen, auf der Liebesportalseite von *Ich suche dich!*« in *Daddy Cools* Namen an *Elli Vanilli* alias Elvira Schöne schrieb: *Da ich zurzeit leider immer in Eile bin, triff mich am besten morgen Mittag um zwölf am Marktplatzbrunnen. Du erkennst mich an …*

Roschan hatte zögernd innegehalten. Ja, woran konnte die schöne Elvira seinen Vater erkennen? Was für ein Erkennungszeichen konnte man ihm unauffällig unterjubeln?

Eine rote Rose? Unmöglich! Wie sollte das gehen? (»Halt mal rasch diese rote Rose, Paps, und schlendere mit ihr über den Marktplatz!« Schön wär's!) Eine zusammengefaltete Zeitung? Ging auch nicht: Ibrahim las das Tagesgeschehen online. Was gab es also sonst noch?

Roschan grübelte eine Weile, aber schließlich hatte er eine Idee. Na, klar! Ein Rad! Das ließ sich machen. Spätabends hatte er also klammheimlich ein Rad, das bereits fertig repariert zur Abholung im Laden stand, nach Hause geschleppt.

»Was soll das Rad hier?«, hatte Ibrahim verwundert gefragt, ganz wie Roschan es vorhergesehen hatte.

»Ich dachte, du wolltest das heute Abend noch fertig machen?«, gab er möglichst harmlos zurück.

»Sohn eins, wo hast du deinen Kopf?«, stöhnte Paps und raufte sich die dauerstrubbeligen Haare.

»Wieso?« Roschan stellte das rote Bike im Wohnzimmer ab und lehnte es, so gut es ging, gegen die Wand.

»Mensch, Rosch, das Rad ist doch längst fix und fertig und wird morgen um eins im Laden abgeholt ...!«

»Oh.« Roschan machte ein perfekt-zerknirschtes Gesicht, während sein Vater einen prüfenden Blick auf die Uhr warf und dann, ganz wie Roschan erwartet hatte, beschloss, das Rad erst am kommenden Tag mit zurück ins Radhaus zu nehmen.

»Ha!«, murmelte Roschan zufrieden.

Zurück in seinem und Darius' Zimmer tippte er die alles entscheidende Nachricht an Elvira. *Du erkennst mich an einem roten Mountainbike, das ich auf der Schulter trage! – Und noch eins: Tun wir einfach so, als gäbe es dieses Kennenlern-Portal gar nicht! Tun wir stattdessen so, als träfen wir uns rein zufällig – in Ordnung? Das wird ein Spaß!! Bis dahin – DADDY COOL.*

Aber es hatte alles nichts genutzt. Denn Darius, dessen Zweitname »Holzkopf« lauten müsste, hatte die Sache gründlich verdorben. Und das alles nur wegen vier leiser *Tipp-tipp-tipp-tipp*-Geräusche, verursacht von einem ordentlich manikürten Frauenzeigefinger, der sich minimalistisch hin und her bewegte! – zufällig belauscht von seinem zahlenverrückten Bruder. War das zu glauben? Warum musste ausgerechnet *er* so einen schrägen Zwillingsbruder haben?

17
Ali und Pau

Sie machten sich auf den Weg, obwohl Ali immer noch ihr blasses Sorgen-Sommersprossengesicht hatte. Wo mochte Runtervomsofa nur stecken? Ob sie wieder etwas Verbotenes verspeist hatte und gerade in diesem Moment um ihr Leben kämpfte? (Oberst von Gatow jedenfalls lag dieses Mal ordentlich eingepackt mit Madame Monique und den anderen Spielfiguren in der *Cluedo*-Schachtel – Ali hatte vorsichtshalber nach ihm gesehen.)

»Mach dir nicht zu viele Gedanken«, riet Isabella. »Heißt es nicht immer: Katzen haben sieben Leben?«

Ali gab darauf keine Antwort. Sie raschelte nur ein letztes, vergebliches Mal mit der Trockenfutterschachtel zum Fenster hinaus.

Sie gingen zu Fuß, weil es bis ins *Leib und Seele* nicht weit war. Sechs Bürgermeisterwahlplakate, auf denen Isabella Schmidthuber ihnen zulächelte, begegneten ihnen, bis sie das kleine Restaurant erreichten. Ali schnitt jedem von ihnen ein Gesicht.

»Noch eine Woche bis zu dieser bescheuerten Wahl«, murmelte sie beim letzten ärgerlich. »Dann sind wir wenigstens diese blöden Bilder auf den Straßen endlich wieder los.«

Pau schlenderte still zwischen ihnen dahin. Vorhin hatte ihr Vater angerufen und sich *mal wieder* dafür entschuldigt, dass er *mal wieder* so wenig Zeit für sie hatte. Aber dafür würde er ihnen in den nächsten Tagen etwas Schönes vorbeibringen!

»Mama, *warum* genau schleppst du uns eigentlich heute hierher? *Was willst du uns beichten?*«

Ali war gerade aufgefallen, dass ihre Mutter ihnen auf diese wichtige Frage immer noch keine Antwort gegeben hatte.

Isabella zog gerade die Tür zum *Leib und Seele* auf und das kleine Türglöckchen bimmelte freundlich, wie es immer bimmelte, wenn man hier eintrat.

Charlie, die Besitzerin, winkte ihnen zu und deutete auf ihren angestammten Tisch, an dem sie immer saßen, wenn sie hierherkamen.

»Hallo, Frau-zukünftige-Bürgermeisterin!«, rief sie dabei fröhlich. So war das mit ihrer Mutter. Sie kannte die halbe Stadt und war mit so gut wie jedem per Du.

Sie setzten sich und Charlie brachte ihnen einen Krug Wasser und drei schnörkelige Trinkgläser. Die Zwillinge machten sehr skeptische Gesichter.

»Hallo, Charlie«, sagte Isabella. Dann deutete sie auf das Wasser. »Heute bitte mit …«

Sie überlegte einen Moment mit geschlossenen Augen. »… *Achat – Karneol – Aventurin* … und …«

Charlie lächelte und wartete mit Block und gezücktem Bleistift.

»… äh … *Mookait* – falls du den dahast?«, beendete Isabella mit einem Lächeln die Steinbestellung und öffnete die Augen wieder.

»Geht klar«, sagte Charlie, steckte sich den Stift hinter das Ohr und ging zur Steinetheke hinüber.

Ali hatte sich misstrauisch das Steineheft geschnappt, das

auf jedem Tisch lag. Darin waren alle Steine aufgelistet, die man im *Leib und Seele* für sein kosmisches Energiewasser bekommen konnte.

»Achat …«, las sie halblaut vor. »Vermittelt Schutz, Sicherheit und Geborgenheit, stärkt Selbstvertrauen, zerstreut Sorgen, Spannungen und Zweifel …«

Isabella nickte versonnen.

»Aventurin«, fuhr Ali fort. »Fördert Toleranz und Akzeptanz!«

Sie hob den Kopf. »Äh, Mama? Was sollen wir denn tolerieren und akzeptieren?«

Pau hatte das Heft ihrer Schwester aus der Hand geschnappt und las mit gerunzelter Stirn weiter vor: *»Karneol* – vermittelt Selbstbewusstsein, Verantwortungs- und Gemeinschaftssinn, verbessert Beziehungen in der Familie und fördert den Zusammenhalt …«

Isabella seufzte tief. »Ja, exakt so ist es!«

Charlie hatte unterdessen die vier Steine gebracht und Isabella ließ sie liebevoll ins Wasser gleiten. »Bleibt noch *Mookait«*, sagte sie dabei.

Ali und Pau sahen sie beunruhigt an. Irgendwie war ihre Mutter in einer merkwürdigen Verfassung. Was hatte sie bloß?

»Mookait …«, begann Isabella, ohne auch nur einen Blick in das Steineheft zu werfen, und nahm sich ein Stück Ingwerbrot aus dem Brotkörbchen, das Charlie ihnen gerade an den Tisch gebracht hatte, damit sie schon etwas knabbern konnten, während sie auf ihr Tageskartenmittagessen warteten. »*Mookait* macht flexibel und beweglich, hilft, die verschiedenen Möglichkeiten zu sehen und das Richtige zu

wählen, gibt innere Ruhe und Abenteuerlust und fördert den Wunsch nach neuen Erfahrungen.«

Sie strahlte in die Runde. Die Zwillinge starrten sie an.

Flexibel? Beweglich? Neue Erfahrungen? Abenteuer?

Sie verstanden nur Bahnhof.

»Okay, Isabella, es reicht! – *WAS* ist los?«

Alis Stimme klang äußerst verwirrt.

18
Roschan und Darius

Paps hatte, völlig ahnungslos, aber wie verabredet, das rote Mountainbike über den Marktplatz in Richtung Radhaus getragen. Die Sonne schien. Außerdem hatte Ibrahim tatsächlich die coolen neuen H&M-Sachen angezogen und sah gar nicht mal schlecht aus an diesem Tag.

Daddy Cool auf Brautschau!

»Da! Da vorne ist die schöne Elvira! Direkt am Brunnen!«, flüsterte Roschan Darius zufrieden zu. Sie gingen etwa zwanzig Meter hinter ihrem Vater her, um den Verlauf der Dinge im Auge zu behalten, aber gleichzeitig nicht im Weg zu sein. »Boah, und sie hat sich ja echt schwer in Schale geworfen, das ist ja krass!«

Darius schnaubte zu diesen bescheuerten Worten seines Bruders laut auf.

Roschan stieß ihn in die Seite. »Hör mit dem Geschnaube auf. Das wird ja allmählich zu einem echten Tick! Und es klingt kacke, glaub mir.«

Darius schnaubte dennoch ein zweites Mal. Roschan stöhnte und boxte ihn in die Seite.

»Du hättest sie sowieso nicht bekommen, Darius!«, knurrte er halb freundlich und halb nicht so freundlich. »Echt nicht! Du bist zu klein, zu jung, zu … äh … rundlich und zu vergeistigt für sie! Ich schwör's dir! Also: Gönn sie Paps! Und stell dir vor, wie es sein wird, wenn sie erst bei uns wohnt und die Wohnung auf Hochglanz bringt! Und aufräumt! Und für uns kocht! Und unseren Geburtstag managt! Endlich ein *normales* Leben, Mann! – Also: *Schnaub* nicht, okay?«

Sie schlichen sich näher an den Ort des Geschehens. Irgendwie hatte Elvira ihren Vater tatsächlich angesprochen. Er machte jedenfalls ein verdattertes Gesicht und sagte ebenfalls irgendetwas. Elvira lachte darüber und sah gut und hübsch und mütterlich und hausfraulich aus. Ibrahims Gesicht wurde im Laufe des Gesprächs immer verdatterter, falls das überhaupt möglich war.

Darius schnaubte erneut leise vor sich hin. Es war die einzige Äußerung, die er zu diesem ungeheuerlichen Plan seines Bruders noch von sich geben konnte. Und da passierte es. Sie waren dicht neben einem Marktstand in Deckung gegangen, von denen der Platz an diesem Mittag voll war, was kein Wunder war – es war Antikmarkt, wie jeden letzten Samstag im Monat.

Eine feine, alte Dame war gerade dabei, eine glitzernde Brosche zu bezahlen. Der Mann am Stand drückte ihr das kleine Scheckkartengerät in die Hand und lächelte geschäftsmäßig. »Bitte Karte einstecken und Geheimnummer eintippen«, forderte er sie auf. Die alte Dame nickte gnädig und hob ihre beringte Hand. *Tipp-tipp-tipp-tipp.*

Darius, der ihren tippenden Finger aus dem Augenwinkel sah und dazu das Tippen im Ohr hatte, murmelte, während er seinen Paps und die schöne Elvira nicht aus den zusammengekniffenen Augen ließ, selbstvergessen »2 – 5 – 5 – 8 …« vor sich hin.

Doppeltipper waren immer besonders leicht herauszuhören. Aber auch die 2 davor und die 8 danach stellten für Darius kein Problem dar. Die Position des tippenden Fingers und die Abstände, die der Finger brauchte, um von einer Taste zur nächsten zu kommen, gaben den Aufschluss.

Die Dame fuhr herum wie ein Blitz. *»Wie bitte?«,* keuchte sie. Wären ihre Blicke tödlich gewesen, wäre Darius sofort leblos hintenübergekippt, so viel stand fest. Aber weil Blicke alleine das Kunststück eben doch nicht vollbrachten, wurde die alte Dame zu einer Furie in Menschengestalt.

»Schnappt den Kerl!«, schrie sie mit einer Stimme, die man ihrer kleinen Gestalt und ihrem fortgeschrittenen Alter niemals zugetraut hätte. »Da! Dieser kleine, durchtriebene *Ausländerjunge!* – Das Miststück hat sich an mich rangeschlichen und mir über die Schulter gespäht, während ich meine geheime Banknummer ... Hilfe! – Polizei! Polizei!«

Sie krallte ihre beringten Finger in Darius' Oberarm und rüttelte an ihm, als wolle sie am liebsten sämtliche Eingeweide aus ihm herausschütteln. Darius stand völlig geschockt da und rührte sich nicht. Seine Eingeweide blieben aber wenigstens, wo sie waren, auch wenn das in dem Moment nur ein schwacher Trost war.

»Flüchtlinge? Jaja ...«, keuchte die kleine Frau unterdessen aufgebracht. *»Räuber* und *Gesindel* seid ihr allesamt! Wollt hilflose, alte Menschen wie mich berauben! Wo sind deine Eltern, Junge? Wo stecken sie? Haben sie dich dazu gebracht, alte Menschen zu berauben? Oder steckt am Ende eine ganze Räuberbande dahinter?«

»Bitte, äh, lassen Sie ihn los«, stotterte Roschan entsetzt. Alles ging wahnsinnig schnell.

»Versteht der Bengel mich überhaupt?!«, kreischte die Frau, ohne Roschan zu beachten. Er hätte genauso gut unsichtbar sein können. Roschan sah sich hilflos um. Er konnte die alte Frau ja wohl nicht ebenso am Arm packen und beuteln, wie sie es mit Darius tat – oder etwa doch?

Darius jedenfalls ließ sich herumbeuteln, ohne sich auch nur im Ansatz zu wehren. Stattdessen machte er wieder sein *Schrankgesicht,* wie Roschan und Paps es nannten, wenn Darius Kummer hatte und vor lauter Kummer in seinen Kleiderschrank kroch und dort, wenn man ihn nicht irgendwann herauszerrte, über Stunden sitzen blieb. Das tat er schon viele Jahre lang so. Angefangen hatte es, als ihre Mutter gestorben war, das wusste Roschan.

»He!«, rief Ibrahim in diesem Moment und stürzte durch die Menge auf sie zu. – Gott sei Dank!

»Sind Sie wahnsinnig geworden? Lassen Sie gefälligst meinen Sohn los!«

»Diesen Banditen? Niemals! Er wollte mich ausrauben!«, kreischte die alte Dame und fuchtelte mit dem Arm, den sie nicht brauchte, um Darius umklammert zu halten, vor Ibrahims Nase herum.

»Lassen Sie den Jungen los!«, rief auch die schöne Elvira, die sich nun ebenfalls durch den Menschenauflauf gezwängt hatte. »Er ist ein Neustädter Schüler und geht gleich hier um die Ecke aufs Otto-Stückrath-Gymnasium – er ist *ganz sicher kein Bandit!* Er ist vielmehr ein …«

»Das kann ja jeder behaupten!«, zeterte die alte Frau wutentbrannt. »Er versteht doch nicht mal unsere Sprache!«

»Woher kennen *Sie* denn meinen Sohn?«, stotterte Ibrahim und drehte sich verwirrt nach Elvira um.

»Das ist – *dein* Sohn?« Die schöne Elvira riss die Augen auf.

»Allerdings.« Ibrahim fuhr sich mit der Hand durch die Haare, offenbar mal wieder im Versuch, sie zu glätten, aber danach standen sie nur noch mehr hoch. Aber wenigstens gelang es ihm nach und nach, die alte Frau halbwegs zu beruhigen. Schließlich hatte er sie so weit, dass sie – wenn auch widerwillig – bereit war zu glauben, dass Darius es nicht auf ihr Geld abgesehen hatte, sondern nur über seltsame Gaben verfügte, weil sein Gehirn anders tickte als die Gehirne normaler Menschen. Elvira berichtete sogar von Darius' Blitzrechenkünsten an der Supermarktkasse. Dabei leuchteten ihre Augen.

Schließlich war die wohlhabende alte Schachtel bereit, die Sache auf sich beruhen zu lassen, wenn sie auch zeterte, dass sie sich dennoch umgehend eine neue Geheimnummer bei der Bank besorgen werde. Mit diesen Worten zog sie vor sich hin grummelnd von dannen und auch die anderen Menschen, die sich neugierig um sie geschart hatten, verzogen sich nach und nach. Und mit ihnen klammheimlich – Darius. Und darum waren zum Schluss nur noch Ibrahim, Roschan und Elvira übrig und das Gespräch nahm eine für Roschan sehr unangenehme Wendung.

»Ich …«, setzte Roschan an, aber mehr fiel ihm nicht ein unter dem aufgebrachten Blick seines heute so cool angezogenen Vaters.

»Er … er meinte es bestimmt nicht böse«, versuchte Elvira, Roschan zur Seite zu stehen. »Er … er wollte wohl nur – helfen …«

»Eine Online-Bekanntschaftsanzeige!«, blaffte Ibrahim und verschränkte die Arme vor der Brust.

»Mensch, Paps, ich …«

Roschan suchte nach den passenden Worten, aber leider war sein Kopf auf einmal wie leer gefegt. Okay, es war eine idiotische Schnapsidee gewesen, dem eigenen Vater eine Frau suchen zu wollen. Okay, okay, blieben sie halt weiterhin zu dritt. Wirklich schlimm war das ja auch nicht.

»Wie hast du mich in diesem … äh … Onlineportal noch gleich genannt? *Daddy Cool?«* Ibrahims Stimme klang immer noch stinksauer.

Roschan nickte widerwillig und wünschte sich weit weg. Mann, war das alles peinlich! Darius hatte recht gehabt: Er hätte sich besser raushalten sollen aus dem Liebesleben seines Vaters.

»Und du – oder vielmehr *Sie* – haben ihm … diesen Blödsinn abgenommen?« Diesmal wandte sich Ibrahim an Elvira. Und Elvira nickte. Eine leichte Röte überzog ihr hübsches Gesicht. Sie brachte sogar ein Kichern zustande. »Hundertprozentig, wenn ich ehrlich bin! Der Text klang so nett – viel netter als alle anderen Anzeigen.«

Ibrahims Miene blieb dennoch sauer. Immerhin schenkte er Elvira, der Schönen, ein einigermaßen freundliches Lächeln (schließlich konnte sie nichts für den Schlamassel), aber der Blick, den er Roschan zuwarf, war nicht sehr aufbauend. Trotzdem schaffte Elvira es irgendwie, Ibrahim dazu zu überreden, auf den Schreck abschließend zusammen einen Kaffee trinken zu gehen. Sie zwinkerte Roschan aufmunternd zu. Wie es schien, wollte sie ihm beistehen, die Wogen zu glätten. Zu dritt betraten sie das kleine Altstadtcafé am Marktplatz. Aber erst nachdem sie das rote Moutainbike zurück ins Radhaus gebracht und es dort Ibrahims Samstagsaushilfe Yussuf, dem Guten, übergeben hatten. Yussuf war ein Flüchtling aus Syrien und er hatte Schlimmes hinter sich. Wochenlang war er auf der Flucht vor dem schlimmen Krieg in seinem Land gewesen – eine Weile sogar gefangen mit hundert anderen Flüchtlingen in einem Bootscontainer. Zwei Tage hatten sie alle in völliger Düsternis ohne Essen und Trinken darin zugebracht! Das musste man sich mal vorstellen! Auf jeden Fall schraubte Yussuf mit genauso viel Hingabe wie Ibrahim an den Rädern rum und dadurch mussten Roschan und Darius nicht mehr so oft aushelfen.

Elvira bestellte einen Kaffee, Roschan eine Fanta – während Ibrahim sich mit einem Glas Wasser begnügte.

»Roschan, ich bin wirklich stinksauer«, blaffte Ibrahim erneut, als die Kellnerin die Getränke an den Tisch gebracht hatte.

»Ja, das ist – nicht zu übersehen«, war Roschans gemurmelte Antwort. Er wich dem Blick seines Vaters vorsichtshalber aus.

»Ich glaube, er meinte es … nur gut«, mischte sich Elvira erneut vorsichtig ein.

»Das mag stimmen.« Ibrahim trank sein Wasser auf Ex aus. »Aber er soll seine Nase nicht in meine Angelegenheiten stecken! *Mir eine Frau suchen!* Was für eine schwachsinnige Idee!«

»Aber Oma Hedia sagt doch auch, dass …«, murmelte Roschan vage zu seiner Verteidigung.

»Lass deine verrückte Oma aus dem Spiel«, unterbrach Ibrahim ihn. »Ich verbiete dir jedenfalls hier und jetzt, dich *jemals* wieder …«

In diesem Moment begann Ibrahims Handy, fröhlich

Beethovens 17. Klaviersonate zu spielen. Rasch warf er einen Blick auf das Display, während Roschan leicht befangen Elvira anstarrte. (Sie war ja wirklich noch ziemlich jung und so weiter. Und sie hielt anscheinend wirklich große Stücke auf Darius ... Vielleicht konnte er sie doch noch anbaggern, wenn er achtzehn war? Denn nett war sie auf alle Fälle, so viel stand fest! Nur schien Ibrahim leider nicht so richtig auf sie abzufahren ...)

»O Hölle!«, rief sein Vater in diesem Moment. Entgeistert hob er den Kopf. Roschan erkannte Oma Hedias kämpferische Miene auf dem *FaceTime*-Display. Ihr Gesicht war zwar hinter einem geblümten Kopftuch verborgen, aber ihre Augen funkelten alarmierend.

»Ibrahim?«, rief sie gebieterisch. »Gut, dass ich dich erwische! Schau her! Schau her!«

»O Hölle – Mutter?«, entfuhr es Ibrahim. »Ich hasse diese Videoanrufe! Bitte! Es passt gerade gar nicht! – Können wir nicht ... heute Abend ...?«

Aber seine Mutter unterbrach ihn, indem sie mit einem Fingerknöchel energisch gegen ihre Handykamera hämmerte. Das tat sie immer, wenn sie verärgert war. Es knallte und krachte in der Telefonverbindung.

»Ibrahim! Ibrahim, hörst du? – Weiche nicht aus! Schau, diese Fotografie!«

Oma Hedia wedelte, wie es schien, mit einem Stück Papier vor der kleinen Mobiltelefonkamera herum. »Siehst du sie? Ibrahim, mein Sohn, *siehst du sie?«*

»Mutter! Himmel, nein!«, flüsterte Ibrahim heiser und entsetzt. Er hielt sich das Handy dabei vor Verlegenheit so dicht vor das Gesicht, dass Oma Hedia vermutlich nichts als eine seiner schwarzen, strubbeligen Augenbrauen von ihm zu sehen bekam. Oder ein kleines, undefinierbares Stück Stirn.

»Mein Junge!«, rief Oma Hedia seiner Augenbraue (oder seiner Stirn) zu. »Heute ist ein großer Tag! Ein Freudentag! Stell dir vor, mit Allahs Hilfe – und der Hilfe von Onkel Halil und Urgroßonkel Mohammed – habe ich endlich eine passende Ehefrau für dich gefunden!«

»Mutter!«, ächzte Ibrahim und ließ die Schultern dabei sacken. Das Handy in seiner Hand zitterte. Er fuhr sich mit der anderen Hand über das gestresste Gesicht.

»Ja, ich bin genauso glücklich wie du!«, rief Oma Hedia fröhlich. »Sie ist ein überaus nettes Mädchen aus dem Nachbardorf. Ihr Name ist Prabhamani! Sie ist jung und brav und sie wird dir – so Allah will – *viele* weitere Söhne schenken!«

Ibrahim starrte sprachlos auf das Smartphone in seiner Hand. Darin war jetzt erneut die kleine Fotografie eines verschleierten Frauengesichts zu sehen.

»Wunderschön, nicht wahr? – Bist du glücklich, mein Augenstern, ja? Ich will ja nichts weiter, als dass du GLÜCKLICH bist!«

Oma Hedia blinzelte hinter dem Foto hervor. Ihre dunkelbraunen, runzeligen Käferaugen strahlten. »Wir kommen! So bald wie möglich! Bis dahin schickt Prabhamani herzliche Grüße!«

Zipp … Damit wurde das kleine Display wieder dunkel. Oma Hedia in Teheran hatte die Verbindung unterbrochen.

Im nächsten Moment sprang Ibrahim so jäh auf, dass der Stuhl umkippte und Roschan und Elvira unisono zusammenzuckten. Er stellte donnernd den Stuhl wieder auf, schnappte sich das verdammte Handy und stopfte es zurück in die Hosentasche.

»Sind denn plötzlich alle von allen guten Geistern verlassen?«, schnauzte er dabei. »Du lieber Himmel! *Keiner braucht mir eine Frau zu suchen, okay?* Das kann ich, ob ihr es glaubt oder nicht, ganz gut alleine!«

Und damit stürzte er, ohne zu bezahlen, aus dem Café.

Roschan und Elvira blieben betreten zurück.

»W…wird sich schon alles wieder … nun ja … einrenken«, sagte Elvira aufmunternd und winkte nach der Kellnerin, vermutlich um die Rechnung zu bezahlen.

»Es tut mir leid, dass ich … ich meine … also …«, murmelte Roschan verlegen.

»Schon gut, du verrückter Kerl.« Elvira lächelte ihm zu. Okay, sie war wirklich in Ordnung.

»Jedenfalls … mein Bruder Darius, Sie wissen schon …«, sagte Roschan hastig.

»Hm?«

»Er … *er* steht jedenfalls total auf Sie …«

Und damit stürzte auch Roschan aus dem Café und setzte seinem Vater hinterher. Er hatte für Darius getan, was er konnte. Mehr ging nicht. Echt nicht.

19
Ali und Pau

Das Tageskartenmittagessen an diesem Tag hieß *Ich bin beschwingt.* Der Salat dazu hörte auf den Namen *Ich bin frei.* Die Speisen im *Leib und Seele* hießen alle in etwa so. Man konnte auch *Ich trete ins Licht* oder *Ich spüre das Glück* essen, wenn man wollte.

»Mama! Sag endlich – WAS IST LOS?«, drängte auch Pau beunruhigt.

»Ja, genau – warum sind wir heute hier? Und – *warum bist du so komisch?«* Ali saß sowieso wie auf heißen Kohlen und wollte so schnell wie möglich nach Hause zurück, um endlich in Ruhe nach Runtervomsofa suchen zu können. Wo steckte das verrückte Vieh bloß?

Isabella holte tief Luft.

»Ihr habt mich doch gebeten, ich soll euch Bescheid sagen, wenn das *Daten* mit Ibrahim ein Ende hat?«

»Ja – und?« Pau knabberte an *Ich bin beschwingt,* was sich als Artischockenbällchen auf Curry-Couscous herausgestellt hatte.

Isabella seufzte tief. »Ja, und … hm … das Daten ist jetzt … also – vorbei.«

»Oh«, machte Pau.

Um Isabellas Mundwinkel zuckte es.

»Äh, Mama? Bitte nicht hier im *Leib und Seele* losheulen, okay?«

Pau gab sich Mühe, mitfühlend zu sprechen und auch ein

mitfühlendes Gesicht zu machen. Nachdem ihr Vater ausgezogen war, hatte sich Isabella schon einmal verknallt. In einen Typen aus ihrem *Ich-bin-jetzt-Single-Yogakurs.* Aber der war der volle Volltrottel gewesen. Trotzdem hatte Isabella einen ganzen Tag geweint, als er sie sitzen gelassen hatte – warum auch immer.

»Sei nicht traurig, okay?«, fuhr Pau darum hastig fort. »Sieh mal, der Typ war Iraner. Als Isi und Lea aus unserer Klasse dich neulich mit ihm in der Stadt gesehen haben, dachten sie, er wäre ein *Flüchtling,* den du *betreust,* um in gutem Licht dazustehen bei dieser bescheuerten Bürgermeisterwahl nächste Woche!«

Pau betrachtete Isabella aufmerksam. Wie viel Zuspruch war nötig, damit ihre Mutter nicht doch noch in aller Öffentlichkeit losweinte?

»Und er war doch eh nix für dich«, fügte sie hastig hinzu. »Sieh mal, er hat diese komischen Söhne und bestimmt ist er ziemlich … nun ja … behaart, oder? Isi und Lea sagen, alle Südländer sind sehr *haarig.* Also, sei froh, dass die Sache vorbei ist und du ihn los bist … Schau mal, jetzt ist doch ein guter Zeitpunkt, mal darüber nachzudenken, ob du nicht lieber wieder mit Papi … Ich meine, ihr könntet es doch versuchen … Papi hat dir doch früher gut gefallen! Du hast ihn schließlich mal geheiratet – und … Und neulich ist er extra kurz vorbeigekommen, um Runtervomsofa zur Tierklinik …«

Ali runzelte die Stirn. Ihr Blick war an der Karaffe mit dem Steinwasser hängen geblieben.

»Da stimmt was nicht, Pau«, murmelte sie.

»Was meinst du? Was stimmt nicht?« Pau unterbrach ihren Redefluss nur ungern – gerade war sie an die Stelle gekommen, ihren Vater in ein gutes Licht zu rücken –, aber sie stoppte und sah zu ihrer Schwester hinüber, an deren erhobener Gabel ein *Ich-bin-frei*-Salatblatt baumelte. Ali ließ die Gabel allerdings sinken, ohne das Salatblatt in den Mund zu stecken. »Falsches Wasser! – Wenn sie … wenn sie traurig wäre, würde sie doch … völlig andere Steine … Ich meine … – Oder?«

Ali hielt inne und die Schwestern sahen sich an.

»I…Isabella?«, sagte Ali dann misstrauisch, gerade als ihre Mutter mit fröhlicher Miene zur plötzlich wieder aufbimmelnden Restauranttür hinübersah.

»Ah, da kommen sie ja!«, rief sie erfreut lächelnd.

»Wer kommt?«

»Ibrahim und die Jungs natürlich!«

»Ibrahim und die Jungs natürlich?«, wiederholte Pau wie ein verblüffter Papagei.

Isabella nickte und winkte den dreien, die sich eben durch die Restauranttür drängelten, fröhlich zu.

»Ich dachte, das Daten sei *vorbei?«*

Ali machte ein entsetztes Gesicht.

Isabella nickte wieder. »Ja, das habe ich euch doch gerade gesagt.«

Der Radladenmann und seine Söhne traten an den Tisch. Der Erwachsene unter ihnen strahlte, während der eine seiner Söhne – der größere – ein pikiertes Gesicht machte, und die wahnsinnig großen Augen des anderen – des kleineren – nervös hin und her huschten, ohne einen von ihnen wirklich anzusehen.

»Ibrahim!«, rief Isabella, die aufgesprungen war. Sie umarmte den Radladenmann. Ali schloss entsetzt die Augen, als sie es sah.

Wie peinlich war das denn?

»Wie schön, dass ihr da seid!«, fuhr Isabella entzückt fort. »Ich habe den Mädchen schon gesagt, dass das – nun ja – halb heimliche Daten jetzt vorbei ist!«

»Ich ... fass ... es ... nicht ...«, murmelte Ali »Ich – fass – es – einfach – nicht!«

»Setzt euch doch!«, sagte Isabella und rückte strahlend ihren Stuhl ein Stück zur Seite, wohl damit Ibrahim sich noch neben sie quetschen konnte.

»Hallo, ihr Mädchen«, sagte er, als er genau das tat. Er lachte und zupfte Darius über den Tisch hinweg am Arm. »Sagt *Hallo,* Jungs!«

»Hallo«, sagte Roschan ohne Begeisterung.

»Hallo«, echote Darius. Sie quetschten sich auf ihre Stühle und mieden Alis und Paus Blicke.

Isabella lächelte ihnen zu. Dann wandte sie sich an ihre pikierten Töchter.

»Und ihr? Könnt ihr auch so was wie *Hallo* sagen? Seht mal, heute klappt alles. Wir sind im *Leib und Seele* – und es gibt nicht einen Fitzel Fleisch ... Und wir fangen einfach noch mal von vorne an, okay?«

»Äh? Nein – das werden wir nicht!«, fauchte Ali. »Wir ... wir sind doch nicht deine Marionetten!« Sie sprang auf. »Ich glaub, ich muss ... mal auf's Klo. Komm, Pau!«

»E...Entschuldigung«, murmelte Pau und stolperte ihrer Schwester eilig hinterher. Beinahe wäre sie dabei über Roschans lange Beine gestolpert, aber er zog sie glücklicherweise gerade noch rechtzeitig zurück.

Erst auf der Toilette traf sie Ali wieder, die wild mit den Armen fuchtelte und sich aufregte.

»Das ist ja wohl das Letzte! Das lassen wir uns nicht gefallen! Isabella spinnt doch komplett! Was will sie denn mit diesem *komischen Typen?* Und noch dazu mit diesen *blöden Jungs*, die er immer im Schlepptau hat? Erst sagt sie, sie *trifft ihn nicht mehr …!* Und dann? Dann schleppt sie ihn hierher! – Spielen wir jetzt We-are-family mit denen, oder was?«

Sie riss ihr Handy aus der Hosentasche und begann, wild darauf herumzutippen.

»Was hast du vor?«, fragte Pau.

»Ich schreibe natürlich an PAPI!«, gab Ali wutschnaubend zur Antwort.

20
Roschan und Darius

»Wir … wir haben … äh … auch keinen Hunger«, sagte Roschan düster auf Ibrahims Frage, was sie essen wollten. War das zu fassen? Ibrahim war stinksauer gewesen, als er – Roschan – die schöne Elvira ins Boot hatte holen wollen? Aber die Aktion jetzt, *die war okay?* Ibrahim durfte ins Boot holen, wen er wollte? Er musste keine Rücksicht nehmen? Das war ja wohl das HINTERLETZTE!

»Ist aber sehr lecker hier«, gab Isabella zu bedenken. »Vegetarisch! Vegan! Und bezahlbar! Ganz wunderbar!«

Roschan warf seinem Vater einen wütenden Blick zu. Wenn nur die Sache mit Elvira, der Schönen, funktioniert hätte! Sie wäre mit ihnen unter Garantie in ein *normales* Lokal gegangen, eins, wo es Pommes, Burger und solche Sachen gegeben hätte!

Als sein Vater gleich darauf, ohne zu erröten, ein Gericht mit dem Namen *Ich bin voller Liebe* bestellte, ertappte sich Roschan dabei, dass er es schon wie Darius machte: Er schnaubte gereizt durch die Nase!

»Hast du Schnupfen? Oder eine Allergie?«, erkundigte sich diese Isabella sofort freundlich. Das war ja nicht auszuhalten, also wirklich nicht.

»Nein, es ist nichts«, murmelte er wütend. Verdammt, was wollte sein Vater bloß mit dieser *durchgeknallten Öko-EMANZE?*

»Was ihr dann alle braucht – ist natürlich – Rosenquarz!«,

fuhr sie augenblicklich auch schon wie aus der Pistole geschossen fort. Wie bitte – *Rosenquarz??? Hä?*

Roschan starrte diese Isabella an, die sich nach der Bedienung umgedreht hatte, die hinter dem Getränketresen herumwuselte. »Huhu, Charlie? Könntest du einen Krug Energietee mit vier, fünf, sechs möglichst großen Rosenquarzen für vier gestresste Fastjugendliche fertig machen?«, rief sie fröhlich.

Roschan riss sich los und warf seinem Vater einen anklagenden Blick zu. War diese Frau tatsächlich von allen guten Geistern verlassen? Völlig verrückt? Irre? So etwas gab es schließlich. Erst letzte Woche hatte er im Internet von einer durchgedrehten Frau gelesen, die ihren Mann aus Angst, er könne sie verlassen, mit Tabletten betäubt und ein paar Wochen in den Keller gesperrt hatte! Es gab also nichts, was es nicht gab!

»Rosenquarz macht das Herz offener, müsst ihr wissen«, sagte diese Isabella in diesem Moment zur Erklärung und drückte dabei die Hand seines Vaters. »Rosenquarz macht einen bereit, Liebe zu geben und anzunehmen! Ein wirklich großartiger Stein!«

Charlie, die Kellnerin, brachte eine Glaskanne mit Tee. Am Boden des Gefäßes türmte sich ein kleiner Berg ungeschliffener Steine.

»Lasst es euch schmecken«, sagte sie, an Roschan und Darius gewandt, als serviere sie ihnen ein leckeres Schnitzel und nicht bloß eine öde Kanne Tee! Okay, die Kellnerin war definitiv auch irre! Roschan stand entschlossen auf und fuhr sich mit allen Fingern durch die Haare. »Äh, Paps … Ich … ich muss – leider – noch mal los … Hab vergessen, dass wir

Montag eine … eine Englischarbeit schreiben … Muss dringend noch … Vokabeln lernen … und so … Kommst du, Darius?«

»O…okay«, murmelte sein Zwillingsbruder und glitt ebenfalls von seinem Stuhl. Dabei fand er diese Bürgermeisterkandidatin gar nicht so übel. Und sie schien seinen Paps in gute Stimmung zu versetzen … Das war doch schon mal was … Und überhaupt … Dieses eine Zwillingsmädchen, die, die beinahe über Roschs Füße gestolpert wäre, die war auch … nicht übel …

Wobei – er wusste ja, er hatte bei Mädchen *null Chancen!* Er war Loser-Darius. So nannten ihn die Jungs in seiner Klasse beim Sportunterricht.

21
Ali und Pau

»Was hast du denn an Papa geschrieben? Und warum rufst du ihn nicht lieber an?«, erkundigte sich Pau, während sie atemlos neben Ali herlief, die im Stechschritt Richtung nach Hause stürmte.

»Er geht ja doch nie dran …«, gab Ali mit düsterer Miene zurück. »Ich hab geschrieben, dass Mama durchgedreht ist und sich einen *sehr* merkwürdigen *Ausländer* mit einer Menge schlecht erzogener Kinder angelacht hat – und dass ich darum zu *ihm* ziehen werde! Noch heute! Wenn ich Runtervomsofa gefunden habe, ziehe ich bei Mama aus! Kommst du mit? Die Bienen kann Papa mit seinem neuen Auto holen. Da müsste die Kiste reinpassen!«

Pau verbiss sich den Kommentar, dass ihr Vater bestimmt alles andere als begeistert sein würde, eine ungehobelte, splitterige Riesenkiste, die auch noch voller nervöser Bienen war, in seinem fast neuen, piekfeinen BMW zu transportieren. Hatte Ali in ihrer Wut etwa völlig vergessen, dass ihr Vater immer behauptete, eine infernalisch schwere Katzenhaarallergie zu haben? Und ob er überhaupt damit einverstanden sein würde, wenn seine beiden lauten, unordentlichen Töchter Knall auf Fall in sein schickes Zwei-Zimmer-Appartement einziehen würden, stand auch noch in den Sternen, wie Pau fand. Aber sie sagte lieber nichts. Mit Ali musste man vorsichtig sein, wenn sie vor Wut so richtig kochte.

Oben in der Wohnung angekommen, setzten sie jedenfalls zuerst einmal ihre Suche nach Runtervomsofa fort.

»Irgendwo muss sie doch sein«, regte sich Ali auf und guckte noch einmal in jeden Winkel. Im Vorbeigehen zerrte sie ihren Koffer aus dem Kleiderschrank und raschelte mit der Trockenfutterschachtel. Außerdem goss sie ihre Rosen – wer wusste, wann sie dazu wieder Gelegenheit haben würde, und sah nach ihrer neuen, kleinen Wildrose. Pau sah ihr zu und ihr wurde fast schwindelig von Alis Herumgerase. Ali machte ja oft eine Menge Dinge gleichzeitig, aber heute stellte sie bestimmt einen neuen Rekord auf. Wild schichtete sie einen unordentlichen Berg Anziehsachen in ihren Koffer, suchte gleichzeitig ihre Bienenbücher zusammen, warf alle paar Minuten einen prüfenden Blick auf ihr Handy, um nachzusehen, ob ihr Vater sich schon gemeldet hatte, und spähte noch mal aus allen Fenstern, um sicherzugehen, dass Runtervomsofa nicht doch in einem unbeaufsichtigten Moment aufs Dach entwischt und versehentlich in irgendeine Ritze des alten, schon leicht bröckeligen Dachziegelbelags gerutscht war. Zuzutrauen war ihr das! Und dann konnte es eben immer sein, dass das Vieh in eine Art Angsttrance verfiel und sich vor Schreck nicht mehr rühren konnte.

Da piepste endlich ihr Handy. »Verdammt!«, kreischte sie im nächsten Moment.

»Was ist?«, erkundigte sich Pau, die sich immer noch unschlüssig war, ob sie mit Ali mitgehen oder lieber doch gemütlich bleiben und abwarten sollte.

»Der Volltrottel schreibt, er ist unterwegs nach Paris!«

Ali knirschte mit den Zähnen. »Zu einem *Kongress,* schreibt er! Haha, da lachen ja die Hühner! Außerdem schreibt er, wir sollen uns wieder mit Mama vertragen! Und der Ausländer wäre vermutlich nur so eine *Zwischendurchsache* …«

Pau seufzte. Hatte sie es doch gewusst.

»Ich schreibe ihm, dass er ein Widerling ist«, regte sich Ali weiter auf. Wild tippte sie auf ihr Handy ein.

»Das nützt doch nichts, Ali«, sagte Pau vorsichtig. Sie wollte eigentlich dringend hier raus und eine Runde auf ihrem Longboard drehen. Beim Longboardfahren bekam sie am besten den Kopf frei.

»… ein Widerling *und* ein Gesetzesbrecher!«, schrie Ali, ohne auf Paus Einwände zu achten. »Er ist als unser Vater bestimmt *verpflichtet,* uns aufzunehmen, wenn wir bei unserer Mutter seelischen Schaden nehmen! Und das tun wir garantiert, wenn sie mit diesem Ausländer und seinen komischen Söhnen …«

Plötzlich hielt sie inne. Sie hatte trotz ihres Geschreis einen Laut vernommen. Dann drehte sie sich einmal um die eigene Achse und versuchte herauszufinden, woher der Ton kam.

»Pau? Hast du das auch gehört?«, flüsterte sie.

Pau schüttelte den Kopf. »Was gehört?«, setzte sie vorsichtshalber hinzu. Sie war froh, dass Ali das Schreien vorerst eingestellt hatte.

»Ich … ich glaube, ich habe Runtervomsofa miauen gehört. Ganz leise. Von … von irgendwoher. Es klang – ganz nah, aber … irgendwie auch nicht richtig nah …«

Ali schlich lauschend durch die Küche.

»*Da!* Da war es wieder … Runtervomsofa? Bist du hier irgendwo?«

Ein leises Kratzen ertönte.

»*Das ist sie!*«, japste Ali. Wild sah sie sich um. »Aber *wo*, verdammt noch mal, *wo* ist sie?«

Die Schwestern sahen sich einen Moment ratlos um.

»Das Loch in der Speisekammer!«, schrien sie dann unisono.

Ali war zuerst an der Speisekammertür und riss sie weit auf. Seit sie in dieser Wohnung wohnten, wussten sie von dem kleinen, engen Schacht im hintersten Winkel der Speisekammer. In einem Eckchen dicht daneben verwahrte Pau schließlich seit Jahren ihre geheimen, ungesunden, aber leckeren Lebensmittel auf. Früher einmal war hier ein Schornstein verlaufen, hatte der Schornsteinfeger, der einmal im Jahr kam, ihnen erklärt. Aber den gab es längst nicht mehr.

Jetzt schmissen sie Chipstüten, Schweinespeck, trockene Chinaglasnudeln, Schokoladentafeln und diversen anderen Futterkram in hohem Bogen aus der Ecke, die es genauer zu untersuchen galt.

»Meinst du echt, sie ist *darein?*«, fragte Pau skeptisch, als sie das enge Loch in Augenschein nahmen.

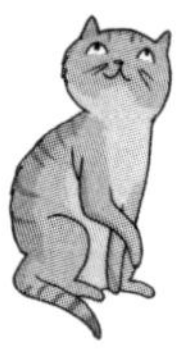

»Ja! Klar!«

»Passt sie da denn überhaupt durch?« Pau zwängte ihre Hand durch das düstere Loch.

Wieder hörten sie ein Maunzen.

Ali brach in Tränen aus. »Ja … Katzen kommen überall rein, wo ihr Kopf mit ihren Schnurrhaaren durchpasst. Das weiß doch jedes Kleinkind …«

In diesem Moment klingelte ihr Handy.

»Papa?«, schrie Ali erleichtert unter Tränen. »Runtervomsofa ist in diesem alten Schornsteinabzugsloch in der Speisekammer verschwunden! – Wie kriegen wir sie da wieder raus? Und was ist, wenn sie, bevor wir sie schnappen können, den Schacht weiter entlangkriecht? Der Schornsteinfeger hat gesagt, der Schacht führt in ein Fallrohr, das senkrecht bis in den Keller runtergeht. Aber da unten ist alles längst zugemauert … Also: *Wie kriege ich sie wieder raus?*«

Das schien ihr Vater wohl auch nicht recht zu wissen, schloss Pau aus Alis Geschluchze und Gefluche. »*Nie* bist du da, wenn man dich mal braucht! *Nie* weißt du was! *Nie* hilfst du was! Du bist so ein Ekel! Jaja, ich weiß, du hast es mal wieder sooo eilig – und, haha, die Verbindung ist schlecht? Zu Oma auf Mallorca ist die Verbindung komischerweise nie schlecht! Nur du jammerst immer, dass du uns nicht verstehen kannst!«

Fluchend stellte Ali ihr Handy aus. Und in diesem Moment hörte Pau zum Glück Isabellas Wohnungstürschlüssel im Türschloss.

22
Roschan und Darius

»Wie kommen *Sie* denn hier rein?«, stotterte Roschan im selben Moment perplex, als er fast mit Herrn Müller-Mueller zusammenstieß, der – als sie nach Hause kamen – unverhofft in ihrem Wohnzimmer auf einer wackeligen Leiter stand und sie mindestens so finster musterte wie sie ihn.

»Reparaturen! Sanierungsmaßnahmen! Aufwertung des Wohninventars!«, knurrte der Hausbesitzer kurz angebunden und keuchte asthmatisch. Sein Gesicht war so hochrot wie immer. »Aber was red ich. Du Türkenjunge verstehst vermutlich sowieso nicht, was ich sage. Dafür – du – nix – können – genug – Deutsch, was?«

»Äh, weiß mein Vater denn, dass Sie hier sind?«, fuhr Roschan unerbittlich fort und ohne auf Herrn Müller-Muellers ausländerfeindliches Gequatsche einzugehen. »Und wie sind Sie überhaupt hier reingekommen? Haben Sie etwa einen Schlüssel zu unserer Wohnung?«

Das hätte er besser nicht gesagt, schoss es Darius, der Geschrei nur schwer ertrug, durch den Kopf. Herr Müller-Muellers Schädel schien anzuschwellen vor Ärger. »Natürlich habe ich einen Schlüssel! – Mir gehört dieses Haus, du unnützer Kerl!«, schrie er. »Und eigentlich müsstet ihr mir jeden Tag auf Knien danken, dass ich euch noch nicht vor die Tür gesetzt habe! Ein alleinerziehender Türke mit zwei halbwüchsigen Flegeln! Jeder andere würde da kurzen Prozess machen und euch aus dem Haus jagen … Es scheint hier ja zurzeit nur so zu wimmeln von unnützen Ausländern! So, und jetzt stört mich nicht länger.«

Roschan und Darius sahen sich unschlüssig an, während der böse Hausbesitzer ächzend an einem kleinen Kästchen schraubte, das er – warum auch immer – an der Zimmerdecke angebracht hatte. Gleich neben dem Rauchmelder, der dort bereits hing.

»Aber …«, begann Roschan schließlich von Neuem. (Was, zum Teufel, befestigte Herr Müller-Mueller da nur? Vielleicht eine Wanze, um sie abzuhören, schoss es ihm durch den Kopf. Aber nein, eine Wanze war Quatsch! Erstens waren sie hier in keinem Spionagefilm und zweitens hätte Herr Müller-Mueller eine Wanze sicherlich nicht weithin sichtbar mitten an die Zimmerdecke geschraubt – so blöd konnte nicht mal er sein!)

»Aber …«, sagte er darum ratlos ein zweites Mal, doch der Vermieter unterbrach ihn gebieterisch: »Kein Aber und Gelaber! Ich bin sowieso gleich fertig! Dann habt ihr euren …«

Er sah sich stirnrunzelnd um und sein Blick glitt verärgert über Ibrahims Harfe, massenweise herumliegende Notenhefte, Darius' viele Mathewälzer, Roschans Wii, ungebügelte Klamottenberge und dazu ein paar Bücherstapel, die sich hier und da türmten. »… euren Saustall wieder für euch! Wenigstens noch so lange, bis ich euch vor die Tür setze …«

Er lachte zufrieden und stieg schwankend von der alten Holzleiter.

»Und was … was soll jetzt das da oben sein?«, mischte sich endlich auch Darius ein.

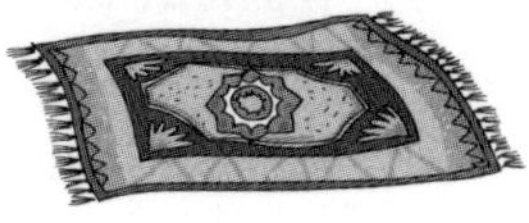

Herr Müller-Mueller machte immer noch ein triumphierendes Gesicht. »Das da? Tja, das ist ein sogenannter *Hochleistungs*-Dimmer, du dummer Junge.«

Roschan und Darius sahen den dicken, rotköpfigen Mann immer noch ratlos an und dann zuckten beide unisono zusammen, als dieser plötzlich den linken Arm hochriss, die Hand zur Faust geballt.

He, zum Teufel, was sollte denn das werden? Wollte er sie etwa hier und jetzt niederstrecken?

Aber Herr Müller-Mueller lachte nur ein weiteres Mal meckernd. Abwechselnd spreizte er die Finger der linken, Hand und ballte sie dann wieder zur Faust. Im selben Rhythmus wurde das Deckenlicht heller und dunkler.

»Nicht schlecht, was?«, knurrte er selbstzufrieden. »So was nennt man: *gehobene Ausstattung einer Mietwohnung!* Und damit jag ich euch den Mietpreis hoch, das könnt ihr eurem verehrten Herrn Papa schon mal ausrichten!« Und damit verließ er endlich schweren Schrittes die Wohnung.

»Was für ein beknackter, beknackter, beknackter Volltrottel«, stöhnte Roschan, als die Tür endlich hinter Herrn Müller-Mueller ins Schloss fiel. Wie konnte der Tag eigentlich nur immer schlimmer und schlimmer werden? Da war man ja fast froh, wenn man gemütlich in der Schule herumsitzen durfte.

»Aber der Dimmer ist super!«, sagte Darius von seinen eigenen Lichtspielen gebannt. »Völlig verrückt, aber trotzdem super!«

Begeistert wedelte er mit den Fingern das Licht heller und dunkler. Okay, es klappte nicht immer, aber meistens reagierte das Ding schon. Hell – dunkel – hell – dunkel …

Konnte Herr Müller-Mueller für diese Unsinnslampe tatsächlich mehr Miete von ihnen verlangen?

23
Ali und Pau

»*Mama!*«, schrie Ali erleichtert. »Küche! – Komm schnell! – Notfall! Wahnsinniger Notfall!«

»Du lieber Himmel, was ist denn passiert?!«, rief Isabella erschrocken aus. »Habt ihr euch verletzt? «

Sie kam in die Küche gerast – dicht gefolgt von Ibrahim.

Pau warf ihrer Schwester einen nervösen Blick zu. Würde sie am Ende wieder zu zetern anfangen bei seinem Anblick? Aber Ali hatte in diesem Moment nur Runtervomsofa im Sinn. Schluchzend erklärte sie Isabella, was sie ein paar Minuten zuvor bereits ihrem Vater am Handy erklärt hatte. Und mehr denn je hatte sie ihr blasses Sommersprossengesicht. Isabella machte ebenfalls eine besorgte Miene. Wie zuvor die Zwillinge spähte sie mühsam in das dunkle, enge Loch am Ende der Speisekammer.

»Seid ihr euch wirklich sicher, dass sie dadrin …?«, begann sie, aber genau da miaute Runtervomsofa erneut. Es klang panisch.

»Wenn sie nun abstürzt!« Ali packte ihre Mutter am Arm.

Pau schnappte sich geistesgegenwärtig die herumstehende Trockenfutterschachtel vom Küchentisch und raschelte damit vor dem verhängnisvollen Loch herum. Wieder maunzte die Katze kläglich. Aber blicken ließ sie sich nicht.

»Sie kann sich bestimmt nicht umdrehen! Darum kann sie nicht zurückkommen«, wimmerte Ali. »Bitte … holt sie da raus! – O Mama!«

»Ach Ali, wie … wie soll ich denn …? Ich meine …«

Isabella seufzte tief und ribbelte an ihrer üblichen kleinen Sorgenfalte zwischen den Augen herum, die sie immer bekam, wenn es Probleme gab, aber da schob Ibrahim sie auch schon zur Seite. Er legte sein Ohr an die unverputzte fleckige Speisekammerwand und lauschte. Dann klopfte er mit den Fingerknöcheln dagegen. Es pochte dumpf. Er klopfte noch an einer Menge anderer Stellen. Ali, Pau und Isabella sahen ihm mit angehaltenem Atem dabei zu.

»Ibrahim, was …?«, begann Isabella irgendwann vorsichtig.

Aber Ibrahim unterbrach sie. Er drehte sich um. »Ali?«, sagte er treffsicher zu Ali. »Bring mal einen Hammer, ja?«

»Ei…einen Ha…Hammer?«, stotterte Isabella. »Ibrahim, was zum Teufel hast du vor?«

»Eure Katze retten, natürlich«, gab Ibrahim zurück.

Pau sah, wie ihre Mutter erneut in besorgtes Stirnrunzeln und Stirnribbeln verfiel, während Ali nach dem Hammer rannte. Leise raunte sie dann Ibrahim zu, dass es von der Rückseite der Speisekammer bis zu dem alten Schornsteinschlot, der senkrecht in den Keller hinunterführte, wirklich nur ein sehr kurzes Stück war.

»Und wenn das verrückte Vieh sich in ihrer Angst weiter vorwärtsquetscht …«

Sie beendete den unheilvollen Satz nicht, weil in dem Moment Ali mit dem Hammer zurückkam.

»Was …was hast du vor?«, schluchzte sie, an Ibrahim gewandt. Er lächelte ihr Mut machend zu.

»Schau mal«, begann er und klopfte wieder gegen die Wand. »Ungefähr *da* sitzt dein Kätzchen …«

Pau fand, dass es irgendwie nett klang, wie er das Wort

»Kätzchen« betonte – aber andererseits war das natürlich im Moment nicht wichtig.

»… dort ist die Wand also hohl«, fuhr Ibrahim fort und klopfte bei jedem Dort mit dem Hammer sachte an die Wand. »Aber dort – und dort – und dort ist sie auch hohl! Und darum werde ich *dort* die Wand aufschlagen …«

Ali keuchte erschrocken. Sie hatte den gleichen Gedanken wie Isabella. Was – wenn Runtervomsofa vor Panik noch weiter in den engen Gang kroch?

»Pass auf«, flüsterte Ibrahim. »Du musst wissen, dass meine Mutter in Persien mich in meiner Kindheit *den Tierflüsterer* nannte.«

Er lachte leicht verlegen. Ali machte ein verwirrtes Gesicht. Aber Pau, die mal auf Isis Geburtstags-Übernachtungsfeier den Film *Der Pferdeflüsterer* gesehen hatte, horchte auf. Wenn Ibrahim Al Bazi tatsächlich wie dieser Tom Booker war …? Dann hätte Runtervomsofa wirklich eine Chance. Pau hielt den Atem an. Schließlich liebte nicht nur Ali die verrückte Katze. Verwundert registrierte Pau, dass ihre Zwillingsschwester – wie auch immer es dazu hatte kommen können – mit beiden Händen Ibrahims linken Unterarm umklammert hielt.

»… es hat – nun ja – mit meiner Musik zu tun«, fuhr Ibrahim an sie gewandt fort. Er lächelte – vielleicht in Erinnerung an seine Kindheit. »Woran genau es liegt, weiß ich selbst nicht, aber ich kann Tiere in meinen … wie sagt man auf Deutsch? In meinen … *Bann ziehen?* Ja, in meinen Bann ziehen, wenn ich auf eine bestimmte Art singe … Oder, äh, summe … Im Grunde ist es eine Mischung aus beidem. Pass auf!«

Und dann begann Ibrahim, leise auf Persisch zu singen. Seine Stimme klang dabei so … sanft, dass Pau fast eine Gänsehaut bekam, und hatte etwas äußerst Beruhigendes. Aber gleichzeitig auch etwas … äh … Zwingendes?

Isabella und die Mädchen gaben keinen Mucks von sich. Und die Katze hinter der Wand hörte fast augenblicklich auf zu jammern. Ibrahim machte ein zufriedenes Gesicht und schien für einen Moment abwesend zu sein. Dachte er etwa an seine Kindheit in seiner alten Heimat?

Dann begann er behutsam, die Wand aufzuklopfen. Ein Schlag, leiser Gesang, ein Schlag, wieder leiser Gesang. Grauer Mörtel spritzte herum, Staub wirbelte auf und Ibrahims schwarze Locken verwandelten sich in graue Locken. Ab und zu maunzte die Katze leise auf. Ali schloss jedes Mal die Augen, wich aber keinen Zentimeter von Ibrahims Seite. Vor allem, als zu dem ängstlichen Miauen auch noch hastig kratzende Krallengeräusche hinter der Wand zu hören waren.

»Oh, sie … sie – sie stürzt ab«, wimmerte sie. Dieser Radladenmann war vermutlich doch nur ein Spinner! Was sollte das mit seinem säuseligen Gesinge eigentlich bringen? Ali ließ Ibrahims Arm los. Eine Katze wie Runtervomsofa ließ sich von so was bestimmt nicht beruhigen.

»Da, sie … sie ist weitergekrochen«, flüsterte sie lauschend und packte erneut Ibrahims Arm. Aber diesmal nur, um ihn am Weiterhämmern zu hindern.

»Pssst!«, machte Ibrahim und lächelte ihr beruhigend zu. »Gleich haben wir es geschafft, Ali! Versprochen!«

Wenn er die Augen auf- und zumacht, werfen seine langen Wimpern tatsächlich Schatten auf seinen Wangen, dachte Pau. Wie bei Darius!

ARGHS! HALT! War sie denn ganz und gar bescheuert? Pau spürte, wie sie rot wurde. Zum Glück hatte das niemand gesehen! Augenblicklich VERBOT sie sich, weitere Gedanken an Darius Al Bazi zuzulassen.

»Nein, nicht!«, bettelte Ali unterdessen. »Sie hat bestimmt Todesangst! Und wenn sie noch weiter zurückweicht …«

Ali zitterte von Kopf bis Fuß. Sie schloss verzweifelt die Augen. Trotzdem hörten die Bilder in ihrem Kopf nicht auf: Sie sah die Katze bereits abstürzen – haltlos durch das enge Rohr rutschen –, ohne die Chance auf ein Überleben …

»Da!«, flüsterte Ibrahim plötzlich. Ali öffnete die Augen. Nicht nur seine Haare, auch Ibrahims Gesicht war jetzt grau gepudert. Um ihn herum sah es aus, als stünden sie alle mitten auf einer Baustelle.

»Schau, Ali …«, flüsterte er und deutete mit dem Finger vor sich.

Ali wagte mit laut klopfendem Herz einen Blick in das Innere der aufgeschlagenen Wand. Und tatsächlich – dort – unmittelbar neben der Öffnung zu dem alten Fallrohr kauerte Runtervomsofa! Mit erschrockenen Augen blinzelte sie in die plötzliche Helligkeit. Ihr Fell war gesträubt und ebenfalls voller Staub. Wie eine kleine, fellige graue Kugel mit weit aufgerissenen Augen sah sie aus … Und unmittelbar hinter ihr gähnte das todbringende Loch!

»Sie ist als Baby gequält worden«, hörte Ali jemanden mit erstickter Stimme flüstern. »Jemand hatte ihr mehrere Blechdosen an den Schwanz gebunden … Darum ist sie, wie sie ist …«

Verwirrt registrierte Ali, dass sie es war, die da flüsterte. Und sie registrierte außerdem, dass Ibrahim plötzlich behutsam seinen Arm um sie gelegt hatte. Wieder fing er leise an zu singen. Wieder auf Persisch. Ali ertappte sich dabei, wie sogar ihr etwas leichter ums Herz wurde bei diesem leisen, sanften, merkwürdigen Gesang.

Runtervomsofas Blick wurde ebenfalls ruhiger. Und plötzlich gab sie einen völlig anderen Laut von sich als das ängstliche Gemaunze von vorher. Konnte es sein …? Konnte es wirklich sein, dass sie …?

»Sie schnurrt?«, hauchte Ali überwältigt. Sie starrte Ibrahim, der jetzt lächelte, verdattert an. Und genau in diesem Moment griff er rasch in die Öffnung, die er aufgeschlagen hatte. Für einen Moment verschwand sein halber Arm darin, dann zog er ihn wieder hinaus und hatte tatsächlich Runtervomsofa am Wickel.

»Oh …«, flüsterte Ali. Tränen tropften aus ihren Augen. »Danke. Ibrahim. Danke.«

Ibrahim reichte die zappelige Katze an Ali weiter. Dabei lächelte er ihr zu.

Pau atmete ebenfalls auf. Wahnsinn, das war ja gerade noch mal gut gegangen. Sie sah prüfend zu Isabella hinüber, die auf einmal schwarze Ringe unter den Augen hatte. Ups, was war denn mit ihrer Mutter los? Hatte etwa die Sorge um Runtervomsofa ihr so zugesetzt? Oder war es das Schlachtfeld Küche, das sie fertigmachte? Aber dann begriff Pau, dass es nur Isabellas Wimperntusche war, die sich von ihren Augen etwas nach unten verlagert hatte: Isabella schniefte und schnäuzte sich – gerührt, wie es schien.

»Ach Ibrahim«, stotterte sie in einer kurzen Schnief- und Schnäuzpause. »Ich bin dir so dankbar! Was hätten wir nur … ohne dich getan? Lars Schmidthuber hätte das vermutlich nie …«

Sie verstummte und fing wieder an, zu schniefen und sich zu schnäuzen.

Pau beobachtete Ibrahim, wie er ihrer Mutter erst einen hammermäßig verliebten Blick zuwarf, dann seufzte und den Hammer ganz leise auf dem Küchentisch ablegte. Anschließend schaute er sich in der lädierten Küche um.

»Zum Teufel, wir werden wohl etwas – putzen müssen«, sagte er kleinlaut. »Habt ihr zufällig – Beethoven im Haus?«

»Beethoven? Wozu denn das?«, fragte Isabella verwirrt zurück, aber gleichzeitig öffnete sie eine der Türen der Dies-und-das-Kommode. Sie deutete auf ihre CD-Sammlung, die sich darin befand. »Was Bestimmtes?«

Ibrahim nickte. »Die *Ode an die Freude«*, bat er mit einem entwaffnenden Lächeln. »Putzen geht am besten mit der *Ode an die Freude.«*

Er lächelte in die Runde und zog sich sein Hemd über den Kopf – und Ali spürte seine komisch-nette Art wie … wie, nun ja, in etwa wie – die Wärme eines Lagerfeuers. Oder so ähnlich.

Nachdenklich schniefte sie ein letztes Mal auf, straffte dann ihre Schultern, rubbelte Runtervomsofa behutsam das Fell aus, setzte sie dann auf der breiten Fensterbank – ihrem Lieblingsplatz in der Wohnung – ab und griff mit gerunzelter Stirn ebenfalls nach einem Putzlappen. Verdammt, was war nur los mit ihr? Sie dachte einen Moment an ihren Vater und an das, was Isabella gerade über ihn gesagt hatte. Nein, das stimmte bestimmt nicht! Ganz sicher nicht! Oder vielleicht doch? Sie schielte zu Pau hinüber, die ebenso hilflos mit einem Putzlappen bewaffnet in der Küche stand wie sie.

Verdammt, man konnte ja nicht mal mit Sicherheit wissen, ob er wirklich beruflich in Paris war! Genauso gut war es möglich, dass er gerade mit irgendeiner Tussi am anderen Ende von Neustadt in einem Bistro saß, sich einen Sekt schmecken ließ und keinen halben Gedanken an seine Töchter und Runtervomsofa, die bis eben in Not gewesen war, verschwendete!

Ali seufzte. Das Leben war sehr, sehr, sehr kompliziert und insbesondere dieser Tag war sehr, sehr verwirrend – anders konnte man es nicht nennen.

24
Roschan und Darius

»Echt klingeln?«, erkundigte sich Darius zögerlich. Sie starrten beide auf das Klingelschild *Isabella&Alice&Pauline Schmidthuber.*

Roschan nickte grimmig.

Gestern war also diese *bescheuerte* Bürgermeisterwahl gewesen. Und – okay, so wie es aussah, hing ihr Vater jetzt also immer öfter und gar nicht mehr klammheimlich mit der neuen Bürgermeisterin von Neustadt ab. Und – weiterer Fakt war: Er war in der vergangenen Nacht erstmals nicht nach Hause gekommen!

»Höllenkack, wo steckt er?«, hatte Roschan am Morgen geflucht, als sie verschlafen und sauer und vergeblich durch die verlassene Wohnung getappt waren.

Dass Ibrahim verschwunden war, war aus mehrerlei Gründen ärgerlich: Grund eins war, dass Oma Hedia am Abend zuvor bestimmt fünfzig Mal angerufen hatte, um ihren geliebten Sohn darüber zu informieren, dass sie mit einem Bein praktisch bereits im Flieger stand, um schnellstmöglich nach Deutschland zu kommen! Und zwar in Begleitung von Ibrahims neuer *Braut!*

Grund zwei war, dass exakt heute der Geburtstag ihrer Mutter war! Den »feierten« sie eigentlich immer zu dritt! Also fast sogar zu v*iert,* denn am 24. September eines jeden Jahres deckten sie den Abendbrottisch für ihre Mutter mit und »erzählten« ihr alles Wichtige, was sich so im vergangenen Jahr ereignet hatte! Das war vermutlich eine – okay – etwas *kindische* Aktion, aber irgendwie hatte sie sich eben so eingebürgert. Und ausgerechnet an diesem Tag blieb Ibrahim zum ersten Mal über Nacht weg? Würde er wenigstens heute Abend zurück sein? Oder sollten sie etwa zu zweit den Geburtstag ihrer Mutter »feiern«?

Und Grund drei? Mit diesem wedelte Roschan Darius jetzt vor der Nase herum.

»Der Müller-Mueller-Arsch hat uns immerhin *fristlos* gekündigt!«, knurrte er. »Weil Paps diese bekloppte Mieterhöhung nicht gezahlt hat! Wenn das kein Grund zum Klingeln ist!«

Darius seufzte tief. »Okay, du hast recht! Klingeln wir«, gab er nach, seine Hand schwebte trotzdem unschlüssig vor dem Klingelknopf.

Roschan nickte, murmelte »Los jetzt«, langte an seinem Bruder vorbei und drückte auf den Klingelknopf. Zuerst geschah nichts, aber dann erscholl von weit oben eine durchdringende Stimme zu ihnen nach unten: »Wir hier! Wer da?«, kreischte eine übertrieben vergnügte Mädchenstimme.

Roschan schüttelte leidend den Kopf. »O Mann!«, murmelte er. »Was soll das denn? Spielen die da oben Kindergarten, oder was?«

Er trat widerwillig einen Schritt zurück, legte den Kopf in den Nacken und sah eines der beiden Mädchen, das ihren Kopf über die Balkonbrüstung streckte.

»Darius? – Welche ist das?«, knurrte er.

Sein Bruder schaute jetzt ebenfalls nach oben. Er kniff die Augen zusammen.

»Diese Ali«, gab er den Bruchteil einer Sekunde später seufzend zurück.

»Dass du die auseinanderhalten kannst.« Roschan betrachtete seinen Bruder kopfschüttelnd. »Und das auch noch auf diese Entfernung! – Und ich dachte immer, du kannst nur Mathe!«

»Was wollt ihr?!«, schrie Ali in diesem Moment ungeduldig von oben.

Roschan fluchte vor sich hin. Warum machten diese Mädchen nicht einfach mal die verdammte Tür auf?

»Ist unser Vater bei euch?«, rief er so leise und gedämpft,

dass man es gerade noch Rufen nennen konnte. Musste ja nicht die ganze Nachbarschaft mithören – o Mann.

»Waaaas?!«, schrie Ali gellend zurück.

Darius zuckte zusammen und drückte sich gegen die Hauswand.

»VERDAMMT! – Ist Ibrahim bei euch!«, brüllte Roschan ärgerlich. Was gingen ihn denn die Nachbarn in diesem Viertel an? Er musste ja schließlich nicht hier wohnen ... Wobei – *wo* würden sie wohl überhaupt in nächster Zeit wohnen, jetzt, nachdem der Müller-Mueller ihnen gekündigt hatte? Ein mistiger Gedanke, an den er lieber überhaupt nicht denken wollte.

Ali, hoch über ihm, starrte ihn nach seiner gebrüllten Frage einen Moment an, dann verschwand ihr Kopf und Sekunden später summte der Drücker.

»Na also«, murmelte Roschan und schubste Darius vor sich her ins Treppenhaus.

25
Ali und Pau

Oben warteten nicht nur Ali und Pau, sondern auch Isi und Lea. Eigentlich waren sie in ihrer Funktion als Schulzeitungsredakteurinnen gekommen, denn Ali hatte sich auf Drängen ihrer Klassenlehrerin endlich dazu bereit erklärt, über ihre Bienen zu berichten. *Wie überwintern eigentlich Bienen?*, würde passenderweise der Artikel für die Winterausgabe der Zeitung heißen und Ali sollte von dem Phänomen der sogenannten *Bienenkugel* berichten, bei der die Bienen Jahr für Jahr das Wunder vollbrachten, auch bei klirrenden Minusgraden über Wochen und Monate warme 25 Grad im Inneren einer eigens zu dem Zweck selbst gebauten Winterkugel aufrechtzuerhalten – alleine durch die Bewegung ihrer summenden, vibrierenden Minikörper.

Aber jetzt saßen die vier Mädchen schon den halben Nachmittag mit Isis rosa Laptop auf Alis Rosenbalkon im Septembersonnenschein und unterhielten sich über … nun ja … Roschan Al Bazi.

Isi, die schon zwölf und deren Mutter Computerfachfrau war, hatte sich kurzerhand in Isabellas WLAN eingewählt und eine Fußballerseite gefunden, auf der es Fotos von Roschans Fußballmannschaft – und auch von allen Jungs einzeln – gab.

Sie hatte dazu einfach seinen vollen Namen in die Suchzeile von GOOGLE getippt und schon hatten sie Roschan, den jüngsten Torhüter der Neustädter C-Jugend, gefunden.

»Er sieht irgendwie … niedlich aus«, sagte Lea abschätzend. Sie kicherte und kaute dabei auf ihrem Limo-Strohhalm herum.

»*Wennschon* heißt das: ›Er sieht *gut* aus‹«, verbesserte Isi und scrollte die Seite hoch und runter.

»Findet ihr?«, fragte Ali stirnrunzelnd.

Isi und Lea nickten im Duett und kicherten wieder. Das taten sie dauernd. Sie waren vermutlich die verkichertsten Zeitungsredakteurinnen, die es gab. Trotzdem waren sie im Großen und Ganzen okay.

»Hm«, machte Ali. Komisch war, dass sie immer dieses ganz leichte Kitzeln im Bauch bekam, wenn von Roschan die Rede war. Noch schlimmer war es, wenn er leibhaftig vor ihr stand. Dann hatte sie in letzter Zeit jedes Mal dieses schreckliche Herzsaltogefühl! Und mit der anstehenden Bürgermeisterwahl, bei der Ibrahim Isabella unterstützt hatte, und den Umsonst-Sonntagen im Radhaus, bei denen Isabelle Ibrahim prominent zur Seite gestanden hatte, waren das in den letzten Wochen ganz schön viele Male gewesen. Aber das hätte sie natürlich niemals zugegeben. Nicht mal vor Pau. Und überhaupt, wahrscheinlich hatte das gar nichts zu bedeuten. *Ganz sicher hatte das nichts zu bedeuten!*

Auf einem der Fotos, die sie fanden, hatte Roschan seine Haare mit Gel zurückgekämmt. Außerdem trug er darauf ein ziemlich enges Sportshirt, an dem er eine Sonnenbrille eingesteckt hatte. Auf diesem Bild grinste er breit. Okay, das war ein eher beknacktes Bild, dachte Ali und der Gedanke erleichterte sie ungemein. Sie wollte auf keinen Fall Bauchkribbeln und Herzsaltos wegen jemandem wie Roschan Al Bazi haben! Wirklich nicht!

»Und dieser Roschan hat noch einen Bruder? – Einen *Zwillingsbruder,* habt ihr gesagt? Der scheint aber nicht Fußball zu spielen, sonst wäre er doch auch bei den Mannschaftsbildern?«

Isi klickte eine andere Seite an. »Wie heißt er noch mal?«

»Darius«, sagte Pau. Sie kraulte Runtervomsofa, die ausnahmsweise mal völlig gechillt auf ihren Knien lag, den ringelig plüschigen Bauch.

DARIUS AL BAZI hackten Isis Finger in die Suchmaschine. Sie konnte mit geschlossenen Augen tippen. Aber gerade jetzt hatte sie die Augen natürlich offen.

»Ah – da ist er ja!«

»Hä? *Der da?«,* fragte Lea, beugte sich verblüfft vor und deutete auf ein Foto von Darius, das augenscheinlich in Berlin bei einer Schachmeisterschaft aufgenommen war. Darius lächelte darauf verlegen und hielt einen Pokal in der rechten Patschehand.

Isi tippte mit gerunzelter Stirn auf WEITERE BILDER ANZEIGEN und auf einmal sahen sie eine wahre Flut kleiner Bilder, auf denen Darius, Darius und noch mal Darius abgebildet war. Sie klickten ein paar davon an.

»Jugend forscht Regional«, las Lea vor. *»Jugend forscht Baden-Württemberg. – Schlaue Füchse Neustadt. – Mathematikwettbewerb Neustadt – Blitzrechnen im Jugendkulturzentrum …«*

»Der soll Roschan Al Bazis *Zwilling* sein? Dieser – äh – Mops? Niemals!«

Isi lachte laut auf.

»Ist er aber!«, sagte Ali und lachte ebenfalls. Pau warf ihr einen verärgerten Blick zu.

»Was denn?«, fragte Ali und hörte auf zu lachen.

Pau gab keine Antwort, weil ihr keine einfiel.

»Und das sind dann so was wie eure ... haha ... *Brüder,* wenn eure Mutter und dieser komische Radladenmann tatsächlich ...?«

»Quatsch!«, kreischte Ali augenblicklich. »Das wird keinesfalls niemals nicht passieren! Hundertprozentig nicht! Das ist nur so eine ... *Laune* von Isabella. Das meint auch Papi ...«

In dem Moment klingelte es an der Tür. Ali drehte sich im Sitzen einmal um die eigene Achse und spähte so durch die Schnörkelgitter des Balkongeländers. »Niemand zu sehen«, informierte sie die anderen. »Ob das Isabella ist? Vielleicht hat sie ja ihren Schlüssel vergessen ...«

Sie beugte sich noch weiter über das Geländer. »Wir hier! Wer da?«, kreischte sie und behielt den Torbogen über der Haustür im Auge.

»Oh? ... *wenn man vom Teufel spricht,* wie unsere Oma Olga immer zu sagen pflegt! – Was wollen *die beiden* denn?«, entfuhr es Ali allerdings jäh.

Verdammt – und schon machte ihr Herz wieder so einen komischen, wackeligen Salto.

Vielleicht hatte sie ja einfach eine Art von Herzrhythmusstörung – und es war purer Zufall, dass die immer auftrat, wenn von Roschan Al Bazi die Rede war oder er plötzlich vor der Tür stand – so wie gerade jetzt?

Allerdings – was hatte Lea gestern in Bezug auf die Liebe

zum Besten gegeben? »Wenn man sich mit einem Jungen genauso mühelos unterhalten kann wie mit einem Mädchen, dann ist alles okay. Verwandelt man sich in seiner Gegenwart aber in ein stotterndes, tollpatschiges und gereiztes Etwas, gehört es in die Kategorie … *Verknalltsein!*«

HIIIIIILFE!

26
Roschan und Darius

Warum mussten Mädchen eigentlich immer KICHERN? Das hatte Roschan noch nie verstanden … Ob seine Mutter – als sie noch klein gewesen war – auch so viel gekichert hatte? Schwer vorstellbar. Ach, verdammt, manchmal vermisste er sie gar nicht. Aber manchmal fehlte sie eben schon.

Missmutig nahm er Stufe um Stufe. Die bunten Mosaikfenster des Treppenhauses warfen, wenn ein Sonnenstrahl sie traf, getüpfeltes, heiteres Licht an die Wände. Roschan runzelte die Stirn. Ihm war echt alles andere als heiter zumute. Darius trottete schnaufend hinter ihm her. Wie viele Mädchen sich wohl da oben herumtrieben? Es mussten eindeutig mehr als zwei sein! O Hölle!

Und vermutlich hockte Ibrahim zusammen mit dieser Isabella Schmidthuber ebenfalls dort oben herum und trank gemütlich Kaffee und ließ es sich gut gehen, während seine Söhne zu Hause den vollen Stress mit dem Müller-Mueller-Arsch hatten. Und außerdem Oma Hedia mit ihren Heiratsplänen am Hals, die ihnen jetzt ja wohl auch nicht weiterhalfen! Und überhaupt …!

Roschan ertappte sich dabei, wie er mal wieder dariusartig durch die Nase schnaubte!

Dann waren sie oben.

»Was wollt *ihr* denn hier?«, fragte Ali, als Roschan und Darius es bis nach oben geschafft hatten und auf der Türschwelle standen. Na bitte, schon den Anfang hatte sie in den Sand gesetzt. In einer Vorabendserie hätte sie jetzt total locker gelächelt und die beiden Jungs ganz cool hereingebeten. Aber dazu war es jetzt natürlich schon zu spät. Verbockt war verbockt, so viel stand fest.

Padamm, padamm machte dummerweise ihr bescheuertes Saltoherz, weil Roschan nun mal wirklich die größten und braunsten Augen hatte, die sie je gesehen hatte. (Himmel, war ein *Herz* nicht eigentlich nur ein kleiner, harmloser Muskel, der irgendwo im Brustkorbraum angewachsen war? Warum geriet es so aus dem Takt, bloß weil man einem dunkellockigen Zwölfjährigen gegenüberstand, der einen zudem noch alles andere als begeistert musterte?)

»Wir *wollen* gar nichts weiter«, war Roschans kurz angebundene Antwort auf ihre Was-wollt-ihr-denn-hier-Frage. Dazu runzelte er die (schöne) Stirn. »Nur wissen, ob unser Vater, äh, *zufällig* bei … euch ist?«

Ali und Pau, die neugierig mit zur Tür gelaufen war, sahen sich einen Moment überrascht an. Hä? Wie bitte?

»Nein …«, sagte Ali dann knapp. Jetzt runzelte sie ebenfalls die Stirn.

»Wir … wir dachten nämlich, unsere Mutter wäre vielleicht bei … *euch«*, fügte Pau erklärend hinzu. »Sie … sie war jedenfalls vorhin, als wir aufgestanden sind, nicht hier …«

Na klasse!, dachte Ali entsetzt. Was soll das denn jetzt? Waren Isabella und ihr persischer Radhaus-Scheich – in wilder Liebe entflammt – zu zweit durchgebrannt? Oder hatte dieser Ibrahim Al Bazi ihre Mutter am Ende *ent-*

führt? Nach Saudi Arabien? Oder Dubai? Zwang er sie, ein Kopftuch zu tragen? Und ein neues Leben mit ihm anzufangen? Irgendwo in Persien? So was kam alles in Vorabendserien vor! Verdammt, man konnte nicht vorsichtig genug sein.

In diesem Moment trabte Runtervomsofa durch die Diele. Ali musste daran denken, wie Ibrahim ihr neulich in diesem Gemäuer das Leben gerettet hatte. Er war wahnsinnig nett gewesen an diesem Tag ... Da würde er doch nicht ...? Oder vielleicht doch ...?

In Alis Kopf drehte sich alles. Isabella, die ohne ein Wort entweder spät in der Nacht oder ganz früh am Morgen verschwunden war – Lars, ihr Vater, den sie vermisste, auch wenn er ein Lump war, wie Isabella gerne behauptete – Lea, die sagte, man sei in einen Jungen verknallt, wenn man sich in seiner Gegenwart aufführte, wie sie es ganz eindeutig tat, wenn Roschan Al Bazi in der Nähe war ... Und, und, und ...

Ach, alles war einfach nur grässlich!

»Wollt ihr – vielleicht reinkommen?«

Pau hatte sich zu der Frage durchgerungen, die Ali nicht über sich gebracht hatte – wenn auch selbst sie nicht allzu vorabendserienmäßig und cool rüberkam.

»Äh ... nein, nein!«, sagte Roschan auch sofort gereizt und mit immer noch gerunzelter Stirn.

»Ja, gerne«, murmelte Darius allerdings und trat hinter seinem Bruder hervor. Roschan warf ihm einen vernichtenden Blick zu, das sahen die Mädchen. Aber dann trottete er doch schulterzuckend hinter ihm her.

Klar – Isi und Lea kicherten, als Darius über die Schwelle

stolperte und sich erst im letzten Moment mit seiner Patschehand am Türrahmen festkrallte.

»Sch…schön hier«, stotterte er, als er es endlich in die Wohnung geschafft hatte, und sah sich um. Er linste in die aufgeräumte, lavendelblau gestrichene Küche.

Kichern.

»Oh – und or…ordentlich bei euch«, fügte er überwältigt hinzu.

Kichern.

O Mann. Pau stieß Lea in die Rippen. »Jetzt hör doch mal auf«, zischte sie.

Isi und Lea warfen sich einen Blick zu und – kicherten wieder.

Und genau in diesem Moment flog die gerade erst geschlossene Wohnungstür wieder auf. Ali, Pau, Isi, Lea, Roschan und Darius zuckten sechsfach zusammen.

Herein quollen unzählige Menschen. Allen voran Isabella und Ibrahim in Gesellschaft von Yussuf, dem Guten.

»Zwillinge!«, rief Isabella, wie es schien, froh darüber, Ali und Pau zu sehen.

»Zwillinge!«, rief Ibrahim, wie es schien, ebenso froh darüber, Roschan und Darius zu sehen. Wenn er verblüfft darüber war, seine Söhne ausgerechnet hier vorzufinden, ließ er sich zumindest nichts anmerken.

»Und Isi und Lea!«, fügte Isabella hinzu. Sie sah von Kopf bis Fuß schmutzig und schmuddelig aus. Nicht unbedingt, wie man sich eine Bürgermeisterin vorstellte. Wenn man da an den alten Bürgermeister dachte – den mit der Insektenbeinchennase –, der war immer sehr gepflegt und schick und wie aus dem Ei gepellt durch Neustadt spaziert.

Nicht im Schornsteinfegerlook wie Isabella – was für eine peinliche Vorstellung vor ihren Freundinnen!

»Mama! Verdammt! Wo wart ihr denn?«, fauchte Ali. »Und wie siehst du aus? Und was wollen – die ganzen Leute hier?«

»Paps!«, knurrte auch Roschan. »Warum warst du heute früh nicht zu Hause?«

Er zog mit wütender Miene den Müller-Mueller-Kündigungsbrief aus der Hosentasche.

»Sag ihm zuerst das mit Oma Hedia und dem Flugzeug und der ... *Braut!*«, riet Darius flüsternd.

Aber Ibrahim ließ sie nicht zu Worte kommen. Er raufte sich stattdessen aufstöhnend die Haare, plumpste schwer auf einen von Isabellas Küchenstühlen und goss ein Glas Wasser auf Ex herunter. »Habt ihr nicht mitbekommen, was heute Morgen im Flüchtlingswohnheim passiert ist?«, fragte er dann und stützte das Kinn schwer in die Handflächen.

Drei kleine Mädchen balgten sich bereits laut kreischend um Runtervomsofas Gunst, bis die sich entsetzt maunzend unter die Dies-und-das-Küchenkommode flüchtete. Drei schwarzlockige Jugendliche hockten sich müde und stumm auf Alis Rosenbalkon und ließen die Beine durch die Schnörkelgitterstäbe in die Tiefe baumeln.

Isabella hingegen quetschte sich zu Ibrahim auf denselben Stuhl. Etwa aus ... *wild entflammter* Liebe? Ali runzelte peinlich berührt die Stirn. – Okay, vielleicht auch nur aus Platzmangel! Ali glättete ihre Stirn wieder. Schließlich wollte sie nicht vorzeitig runzelig werden. Und mit Stirnfalten fing das Elend des Faltigwerdens nämlich an, hatte Oma Olga mal aus eigener Erfahrung berichtet.

»Irgendwelche Ausländerfeinde haben um fünf Uhr in der Früh einen Brandsatz in ein Fenster der Flüchtlingsunterkunft geworfen!«

Isabellas Stimme klang wütend bei diesen Worten.

»... und dann seid ihr da gleich hin?«, riet Ali.

Isabella nickte. »Natürlich! Yussuf rief uns an und wir machten uns sofort auf den Weg!«

Yussuf, der Gute, nickte. Er sah noch viel mitgenommener aus als Isabella und Ibrahim. Seine Anziehsachen waren rußverschmiert. Seine Haare standen wild von seinem Kopf ab und sein Blick war traurig und entsetzt.

»Zum Glück ist keinem etwas passiert«, warf Ibrahim erleichtert ein.

»Aber das untere Stockwerk des Hauses ist ziemlich mitgenommen ...«

Isabella seufzte tief. »Die Leute wissen nicht, wohin ...«

Ali riss die Augen auf. »... und da hast du sie alle mit *hierher*genommen? Sollen sie jetzt etwa bei uns wohnen? Das sind doch mindestens ...?«

»... dreiunddreißig«, sagte Darius blitzschnell. Er hatte die Lage bereits überblickt. Pau lächelte ihm zu.

»Dreiunddreißig Leute!«, wiederholte Ali mechanisch.

Isabella schüttelte den Kopf. »Die meisten haben schon Ausweichunterkünfte zugesagt bekommen«, erklärte sie, während sie den Kühlschrank und die Speisekammer plünderte und massenweise Lebensmittel auf dem Küchentisch zu einem wahren Berg aus Abendbrotauswahl aufhäufte.

»Nach einem gemütlichen Abendessen ziehen sie alle weiter. – Höchstens ein paar bleiben für ein paar Nächte ...«

Es wurde ein turbulenter Abend, anders konnte man es

nicht nennen, aber zu guter Letzt waren es nur Yussuf und die drei Rosenbalkonjugendlichen, die ohne ihre Eltern aus Syrien nach Deutschland gekommen waren, die bei ihnen blieben.

27
Ali und Pau

»Wo ist … dies – *Frau?*«, rief die alte Dame in einem wehenden schwarzen Mantel, der ihren gesamten Körper verhüllte, und bremste schwungvoll vor Ali, Pau, Lea, Isi und den drei Rosenbalkonjugendlichen Omar, Nuri und Abdul ab. Zuvor hatte es Sturm an der Wohnungstür geläutet.

Ihre dunklen Augen, die Ibrahims bis auf die letzte Wimper in beeindruckender Weise glichen, glitzerten gefährlich und spähten gebieterisch zwischen den Mädchen und Jungen hindurch in die sonnige Wohnung, so als vermute sie, Isabella könne kurzerhand hinter einem Sessel oder einem Stuhl vor ihr in Deckung gegangen sein. Hinter ihr stauten sich Ibrahim, Roschan, Darius – und eine weitere Person. Eine – ziemlich korpulente Person unter einem goldfarbenen Schleier, die sich scheu im Hintergrund hielt.

»Sie … äh … Sie wollen zu *unserer Mutter?*«, stotterte Pau. Denn wer sollte mit »dies Frau« sonst gemeint sein?

»H…hallo Ibrahim«, setzte Ali verwirrt hinzu. Was war das denn für ein Überfall?

»Hallo Ali – Pau – Isi – Lea – Abdul – Nuri – Omar … Es tut mir leid, dass wir hier …«

Ibrahim lächelte verlegen und nervös in die Runde. Er rang die Arme. Und er rang nach Luft. Wie ein äußerst hohes Verkehrsaufkommen drängten sich alle in der offenen Wohnungstür.

»Salam …«, murmelten die Rosenbalkonjugendlichen unisono.

»Hallo«, schoben Pau, Isi und Lea eilig hinterher.

»Wer sind diese vielen Kinder? Du kennst sie?«, fuhr die alte Frau Al Bazi ihren Sohn auf Persisch an. Sie griff nach seinem Arm und umklammerte ihn eisern.

»Natürlich kenne ich sie! Das sind Isabellas Kinder …«

Darius hatte sich in der Zwischenzeit bis zu Pau hindurchgearbeitet. Leise übersetzte er das gezischte Gesprächshinundher zwischen seinem Vater und seiner Großmutter.

»Alle diese – Kinder?«, keuchte Oma Hedia und wurde bleich. Die drei Rosenbalkonjugendlichen verkrümelten sich schnell wieder auf den Rosenbalkon – ihren derzeitigen Lieblingsplatz. Morgen würden sie in ein Jugendheim umziehen.

»Jetzt setzt sie ihren Killerblick auf«, flüsterte Darius, nachdem er übersetzt hatte. »Achtung, wenn sie so weit ist, ist sie gefährlich!«

»Nein, nicht *alle* … Nur diese zwei …«

Mit dem freien Arm deutete Ibrahim auf Ali und Pau. »Es tut mir wirklich leid, dass wir euch so überfallen«, fügte er an sie gewandt verlegen hinzu.

»Macht … nichts«, murmelte Ali verwirrt, aber sie war sich nicht sicher, ob Ibrahim sie in dem Lärm überhaupt verstand.

»Ist Isabella auch da?!«, rief er in diesem Moment nämlich bereits und formte dabei aus seinen Händen einen Trichter, um gegen das Geschrei seiner Mutter überhaupt eine Chance zu haben. Andererseits war die Frage natürlich eigentlich überflüssig. Wäre Isabella zu Hause, wäre sie doch längst in dem Tumult aufgetaucht.

»Leider nicht!«, rief Ali zurück. »Keine Ahnung, wo sie wieder steckt. Sie hatte eine Sitzung im Rathaus, wollte aber eigentlich schon längst zurück sein.«

In dem Moment begann hinter ihnen auf der Kommode das Telefon zu schrillen.

»Das wird sie sein!« Erleichtert stürmte Ali ans Telefon und riss den Hörer hoch. »Mama?«

Aber es war nicht Isabella.

»Hallo, Al? Oder Pau? – Hier ist Oma Olga für einen Zwischendurchschwatz …«

»Deutsche Frau! Zwei Jahre *älter* als du! Geht *arbeiten!* Hat *Kinder!* Hatte also schon *Mann* …!«, schrie Oma Hedia unterdessen erbost – diesmal auf Deutsch – weiter und polterte unerbittlich durch die Wohnung. »Niemals! Niemals! Niemals! HIER IST PRABHAMANI FÜR DICH! Heirate sie! Hörst du? Heirate *SIE!* Sie ist gut! Jung! Muslima! Gläubig! Brav! Wunderschön! Was du willst mehr?«

Sie packte mit der anderen Hand die Frau im goldenen Schleier und schob sie auf ihren Sohn zu.

»Mutter – bitte!«, stöhnte Ibrahim. Verlegen wich er einen Hauch zurück, aber Oma Hedia hielt seinen Arm unerbittlich weiter umklammert.

»Um Himmels willen – was ist denn da bei euch los?!«, rief Olga aus Mallorca. »Muss ich mir Sorgen machen? Oder schaut ihr nur in infernalischer Lautstärke Fernsehen? Das ist aber ganz schlecht für die Ohren, mein Mäuschen …«

»Nein, es ist …«

Aber weiter kam Ali nicht.

»Mutter, nein! *Das verbiete ich dir!«,* schnaubte Ibrahim nämlich so laut und ärgerlich, dass Ali verstummte und sich besorgt wieder zu dem Tumult hinter ihrem Rücken umdrehte.

»Keine Angst! – Nicht tot. Nur ohnmächtig«, erklärte Ibrahim mit grimmiger Miene den erschrockenen Kindern. »Zu…zumindest hoffe ich das …« Man sah seinem Blick an, dass er auch über Schlimmeres nachdachte. Herzinfarkt? Schlaganfall?

Ali bekam ihr Sommersprossengesicht. Und Darius sein Schrankgesicht. Und Oma Hedia lag wie ein umgefallener Baum der Länge nach im Flur und rührte sich nicht mehr.

»Uiuiuiuiui …!«, rief die korpulente Frau im goldenen Schleier, während sie sich eilig neben Oma Hedia niederkniete, ängstlich nach ihren schlaffen, beringten Händen griff und sie schüttelte. Dazu begann sie, laut und klagend zu weinen.

»Ali? WAS IST LOS BEI EUCH?«, donnerte Olga durch den Telefonhörer. »Muss ich die Polizei rufen? Seid ihr überfallen worden? Hallo? Hallo? *Hallo?*«

Ali wischte sich den Schweiß von der Stirn.

»Äh, Oma, ich … ich … also – eigentlich ist es wegen Mama … Weil sie doch jetzt mit Ibrahim … Nein, ich meine …«

Sie suchte nach geeigneten Worten, fand aber keine. Ihr Kopf war auf einmal wie leer gefegt. Kurz entschlossen drückte sie Ibrahim den Telefonhörer in die Hand. Sollte er die Sache ins Reine bringen. Ihr fiel einfach nichts Gescheites mehr ein.

28
Roschan und Darius

»Oh? Jaaa … nun … Äh …«, begann Ibrahim das Gespräch. Hastig erklärte er, wer er war und was vorgefallen war.

»Sie sind doch – Isabellas Mutter, nicht wahr?«, hakte er zwischendurch unsicher nach. Sie musste es sein, aber er wollte sich lieber noch einmal absichern.

In seiner Not drückte Ibrahim schließlich Roschan den Telefonhörer in die Hand und Roschan musste laut wiederholen, was ihm Oma Olga von Mallorca aus für Anweisungen gab. Es war wohl so eine Art Schnellkurs in Erste Hilfe.

»Wie bitte?«, stammelte Roschan zuerst, als die Person am anderen Ende der Leitung ohne Vorwarnung im Eiltempo losschnatterte. – Telefonierte er gerade tatsächlich mit der *Oma* von diesen Mädchen, die er doch eigentlich nicht mal *leiden konnte?* Ibrahim verlangte wirklich eine Menge von ihm!

Aber dann war es weniger schlimm, als er gedacht hatte. Diese Oma auf Mallorca schien im Grunde ganz okay zu sein. Zackig gab sie zum Besten, was getan werden musste. Und – immerhin tat sie das, um *seiner* Oma das Leben zu retten!

»Stabile Seitenlage? – Paps: stabile Seitenlage – was immer das ist…«, stotterte Roschan. »Und jetzt?«, fragte er dann in den Hörer hinein. Denn Oma Hedia lag zwar nun wie ein gestrandeter Wal auf der Seite, rührte sich aber immer noch nicht. »Puls fühlen …«, wiederholte er Sekunden später Oma Olgas nächsten Rettungsbefehl. »Dazu einen nassen Waschlappen auf die Stirn, Paps! Und jetzt … Augenlider hochziehen und – wenn möglich – hineinleuchten! Pupillen kontrollieren!«

Ibrahim hastete hin und her und befolgte atemlos Oma Olgas Anweisungen. Ob er nicht besser einen Rettungswagen rufen sollte? Was würden Großonkel Halil und Urgroßonkel Mohammed mit ihm anstellen, wenn seine Mutter durch den Schock, dass er – Ibrahim – eine deutsche Frau liebte, gestorben war? Daran wollte er lieber nicht denken! Außerdem liebte er seine Mutter, auch wenn sie manchmal ein Drache in Menschengestalt war, im Grunde von Herzen!

»Mutter – *bitte*, komm zu dir!«, bat er erschöpft und sank neben seiner Mutter auf die Knie.

Mehr war gar nicht nötig. Schneller als erwartet war Oma Hedia wieder bei Bewusstsein und richtete sich ächzend auf. Sie stöhnte noch einmal – aber dann kehrte das gefährliche Glitzern in ihre Augen zurück.

Die Frau im goldenen Schleier umarmte sie dennoch erleichtert. Und auch alle anderen atmeten auf.

»Allahu akbar …«, brummte Abdul und ging erleichtert mit Nuri und Omar zurück auf den Balkon.

»Das bedeutet ›Gott ist groß‹«, flüsterte Darius Pau zu. Pau nickte verstehend.

»Danke, liebe Frau Schmidthuber«, stammelte Ibrahim zum Schluss erleichtert in den Telefonhörer. »Meine … meine Mutter scheint sich nun doch entschlossen zu haben weiterzuleben …«

Seine Knie fühlten sich puddingweich an, aber das Schlimmste war wohl erst einmal überstanden.

Doch Olga war anscheinend noch nicht fertig.

»Wie bitte?« Ibrahim presste den Hörer an sein Ohr.

Dann flog über sein Gesicht ein kleines Lächeln. »Nein, das werde ich nicht, das verspreche ich!«, sagte er feierlich. Hinterher legte er behutsam den Telefonhörer zurück auf die Gabel. Für einen Moment stand er inmitten des ganzen Wirrwarrs einfach nur still da und schaute vor sich hin.

29
Ali und Pau

Genau in diesem Moment kam endlich Isabella nach Hause. Sie fiel fast vornüber durch die Tür, denn sie schleppte mal wieder mehrere schwere Einkaufstaschen, aus der einen ragte eine Stange Sellerie und aus der anderen zwei Flaschen Rotwein. Unter den Arm geklemmt trug sie mehrere in Papier gewickelte Fladenbrote. Allerdings war sie nicht alleine, sondern stattdessen sogar in doppelter, männlicher Begleitung!

Ali und Pau sahen sich an und schnappten nach Luft. – Was sollte das denn werden? Wieso kam denn jetzt auf einmal …? Konnte es sein, dass Isabella es sich anders überlegt hatte? Immerhin hatte sie nicht wissen können, dass Ibrahim heute hierherkommen würde! Da war es doch gut möglich, dass …

Ali hielt vor Anspannung den Atem an. In Fernsehserien versöhnten sich schrecklich verstrittene Paare schließlich auch oft wieder.

Auf Isabellas Gesicht breitete sich allerdings ein unpassend strahlendes Lächeln aus, als sie so unverhofft Ibrahim in ihrer Wohnung entdeckte. Okay – also doch nicht! Fernsehserien waren eben doch nichts als Mist!

»*Ibrahim!* Roschan! Darius! Ihr seid da! Wie schön!«, rief sie überrascht und ließ sich von Ibrahim gleich mal die schweren Taschen und das Fladenbrot abnehmen. Ali und Pau warfen sich einen zweiten Blick zu. Okay, das war wohl nichts …

Isabellas keuchende Begleiter stellten unterdessen die Getränkekästen, die sie die Treppen hochgeschleppt hatten, ab. Ali und Pau verfolgten gespannt Isabellas Blick, der inzwischen weiter zu der fremden, alten Dame wanderte, die schwer atmend am Küchentisch Stellung bezogen hatte. Ihr Blick war – trotz knapp überlebtem Schwächeanfall – weiterhin kriegerisch – anders konnte man es nicht nennen. Daneben stand verlegen eine sehr junge, sehr schüchtern wirkende Frau mit einem goldenen Schleier, der ausnehmend gut zu ihren ebenfalls golden geschminkten Augen passte.

»Sind Sie … – Hedia Al Bazi, Ibrahims Mutter?«, fragte Isabella, nachdem sie blitzschnell kombiniert hatte. »Sie müssen es einfach sein! Ihr Sohn ist Ihnen ja wie aus dem Gesicht geschnitten …«

Ali grinste matt. Ob das wohl ein Kompliment für Ibrahim war? Einem alten, Feuer spuckenden Drachen wahnsinnig ähnlich zu sehen?

»WER SIND DIESE MÄNNER, die *sie* dabeihat?«, donnerte der Feuer speiende Drache in diesem Moment auch schon auf Persisch los, ohne auch nur die Bohne auf Isabellas freundliche Worte zu achten. Blutrünstig starrte sie stattdessen ihren Sohn an. *»Das ist sie also?* Die Deutsche, die dir den Kopf verdreht hat? Die *Mutter* all dieser Kinder hier? Zwei weitere Männer hat sie also auch noch? Pfui, pfui, pfui!«

Oma Hedia machte eine Geste, als spucke sie auf den Boden.

Darius übersetzte flüsternd für Ali, Pau, Isi und Lea.

»Mutter, ich bitte dich! Es reicht allmählich! Wirklich!«,

erklärte Ibrahim auf Deutsch. Seine Stimme zitterte nur leicht. »Isabella hat nur zwei Töchter – so wie ich zwei Söhne habe! – Und die Männer? Der eine hier ist Yussuf Hemidi.« Er deutete auf Yussuf, den Guten. »Er kommt aus Syrien und ist ein sehr guter Freund von uns. Außerdem arbeiten wir zusammen in meinem Laden … – Und der andere … ist, also, das ist …«

Ibrahim hielt inne und sah Isabella fragend an. »Äh – dein Exmann, nehme ich an?«

Seine Stimme klang eine Spur nervös.

Isabella nickte, aber Lars Schmidthuber schüttelte im gleichen Moment bereits kämpferisch den Kopf.

»Nur derzeit – sagen wir … *getrennt lebend«,* verbesserte er verbissen. Seine Augen hatten einen sturen Ausdruck angenommen. In einer Hand hielt er eine weiße, quadratische Papiertüte, auf der das Apple-Logo abgedruckt war. Er schlenkerte sie sichtbar hin und her. Was wohl darin war? Ali maß die Tüte neugierig mit den Augen.

»Nein, nein, nein! In *Scheidung lebend* trifft es besser, Herr Schmidthuber«, fauchte Isabella ungewohnt ungehalten. »Und jetzt mach mir hier keinen Stunk!«, wisperte sie in einem leisen Zusatz, der nur für Lars' Ohren bestimmt war, den die anderen aber dennoch hörten.

Ali und Pau schauten zwischen ihren Eltern hin und her, als beobachteten sie ein Tennismatch.

Oma Hedia aber war stöhnend aufgestanden. Jetzt legte sie eine Hand auf ihren mächtigen Busen und begann schon wieder, leicht zu schwanken.

»Oh nein!«, schnaubte Ibrahim, als er das sah, alarmiert. »Nicht schon wieder! SETZT DICH, Mutter!«

Ärgerlich sank Oma Hedia zurück auf den Küchenstuhl. Dabei warf sie ihrem Sohn einen bösen Blick zu.

»Warum bist *du* eigentlich gekommen, Papi?«, erkundigte sich Ali. Es sah schön aus, ihren Vater mal wieder hier in der Küche herumstehen zu sehen. Fast ein bisschen wie ... früher, bevor er ausgezogen war.

»Ach, ich wollte nur die versprochene Kleinigkeit vorbeibringen«, sagte Lars schulterzuckend und ließ die weiße Papiertüte mit dem angebissenen Apfel darauf mit den Fingerspitzen wackeln.

Isabella machte ein misstrauisches Gesicht, aber das hinderte Lars nicht daran, die Tüte mit triumphierender Miene an Ali und Pau weiterzureichen. Ali schaute als Erste hinein.

»Das gibt's doch nicht!«, schrie sie und zog zwei elegante, rechteckige Pappschachteln heraus.

Roschan riss bei ihrem Anblick die Augen auf. »Kleinigkeiten?«, keuchte er. *»Zwei* iPhone 7 Plus?«

»Oh, Papi!«, jubelte Ali. »So tolle Smartphones! In Gold! Da können wir das gebrauchte Ding, das Mama uns bei eBay ersteigert hat, ja *wegwerfen!«*

»Hammer, die Teile kosten über *tausend Euro* pro Stück«, murmelte Roschan, an Ibrahim gewandt. Seine Stimme klang bitter und er warf Lars Schmidthuber einen abschätzenden Blick zu. So teure Handys nannte der Typ *Kleinigkeiten?* Und er selbst und Darius hatten stattdessen so popelige Normalohandys aus dem Elektromarkt um die Ecke? Die hatten pro Stück gerade mal neunundsiebzig Euro gekostet!

»Lars Schmidthuber, was soll *das* denn?«, fauchte Isabella und jetzt sah sie richtig wütend aus. »Tu mir den Gefallen und pack die Dinger wieder ein und – zisch ab, ja?«

»MAMA! NEIN!«

Ali machte ein entsetztes Gesicht, als Isabella nach Paus Apple-Schachtel griff, die noch ungeöffnet war, und sie zurück in die apfelige Tüte stopfte.

»Du hast gehört, was Roschan gesagt hat, Ali, oder? TAUSEND EURO? Für ein lumpiges Handy? So viel Geld für so einen Firlefanz? Nein, nein und nochmals nein!«

»Mama …«, flehte Ali. Dann wandte sie sich an ihren Vater. »Papi? Nun sag doch auch mal was! Sie kann uns die Smartphones nicht einfach wieder wegnehmen, oder? Du hast sie uns schließlich geschenkt!«

»Was reden sie? Was will dieser Mann? IBRAHIM?«

Oma Hedia begann von ihrem Stuhl aus wieder, an Ibrahims Arm zu zerren. »Bitte, mein Junge! Mein JUWEL …«

Sie sprach ein so schnelles Persisch, dass nicht mal Darius jedes Wort verstand.

»… lass uns zu dir nach Hause gehen! Wir müssen uns beraten! Man hat euch die Wohnung gekündigt! Das hast du selbst gesagt! Und du sollst Prabhamani heiraten! Sie ist ein gutes Mädchen! Ihr braucht eine neue Wohnung! Wir müssen die HOCHZEIT planen! Die Zukunft! Ihr könntet zurück nach Persien kommen …«

»Was sagt sie?«, fragten Isabella und Pau fast gleichzeitig.

»Sie … sie will gerne zu uns in die Wohnung. Und sie will etwas – äh – planen …«, stammelte Darius und wurde rot im Gesicht. Nein, mehr würde er nicht übersetzen!

»Sie spinnt!«, übersetzte Ibrahim entschieden knapper und entschieden deutlicher.

Da brach Oma Hedia in Tränen und zeitgleich in eine laute Wehklage aus. Sie rang die Hände und sank vom Stuhl auf den Boden, wo sie sich fast auf Runtervomsofa gesetzt hätte, die gerade noch rechtzeitig flüchten konnte.

»Was sagt sie jetzt?«, flüsterte Isabella erschrocken.

Ibrahim seufzte tief und fuhr sich über die Stirn. »Jetzt betet sie …«, stöhnte er und sank ebenfalls auf den frei gewordenen Küchenstuhl. Runtervomsofa sprang augenblicklich auf seinen Schoß, rollte sich zusammen und begann zu schnurren. So etwas tat sie sonst bei keinem! »… und so was hält sie über Stunden durch, wenn es sein muss!«

»Hm«, machte Isabella. Sie sah irgendwie zerstrubbelt und müde aus. Außerdem hatte sie den ganzen Tag noch kaum etwas gegessen. Sie legte lauschend eine Hand auf ihren Bauch. Irgendwie war ihr flau in den Eingeweiden.

»Knurrt«, stellte sie fest. »Wollen wir vielleicht … erst einmal – etwas kochen? – Nach dem ganzen Durcheinander hier …«

Sie stellte die Tüte mit Paus Handy auf der Dies-und-das-Kommode ab. Ali atmete auf, als sie das sah. Es ging ihr im Grunde gar nicht um das teure Handy, aber es war eben ein gutes Gefühl, dass ihr Vater so viel Geld für sie und Pau ausgegeben hatte. Das sprach doch wohl dafür, dass er sie sehr liebte. Oder?

»Gute Idee«, murmelte Roschan zustimmend. Es war das erste Mal, dass er Isabella in etwas zustimmte. Er setzte sich neben seine Großmutter auf die Erde und lauschte mit halbem Ohr ihrem nicht enden wollenden Gebet.

»Mutter – bitte …«, sagte Ibrahim leise, aber seine Mutter feuerte ihm – weiterbetend – nur einen wilden Blick zu. Sie hielt ihren Kompass wie eine Waffe in der Hand und hatte sich wie eine wütende Hornisse gen Osten gewandt.

»Sie … wird schon wieder aufhören – irgendwann«, sagte Ibrahim daraufhin verlegen. Er tätschelte Oma Hedia begütigend die rundliche Schulter.

Lars Schmidthuber und Ali lehnten nebeneinander an der Waschmaschine, hatten die Köpfe zusammengesteckt und hantierten an Alis neuem Smartphone herum.

»Syrischer Nudelauflauf mit Hackfleisch und Walnüssen?«, fragte Yussuf in die Runde. Die Zutaten dazu hatte er eingekauft. »Sehr scharf! – Gut?«

Roschan nickte und streckte einen erhobenen Daumen in die Luft. Er liebte scharfes Essen.

»Sehr scharf? Oder sehr, sehr scharf?«, fragte er hungrig.

»Was du willst lieber?« Yussuf fragte es grinsend.

»Natürlich sehr, sehr scharf.«

»Na dann …«

»Aber … Also, Ali isst, soweit ich weiß, kein Fleisch«, gab Darius plötzlich zu bedenken. Er deutete mit dem Daumen auf Ali.

Ali sah von ihrem iPhone hoch und runzelte die Stirn. »Warum erkennst du mich eigentlich immer?«, fragte sie misstrauisch. »Keiner außer Isabella und Oma Olga kann uns gut auseinanderhalten. Also – warum ihr?«

Darius hob die Schultern. »Äh, keine Ahnung. Ich … ich glaube … ich meine, ja, ich glaube, ich erkenne immer … *sie!*«

Er deutete auf Pau und wurde dabei zartrosa im Gesicht. »Und dann weiß ich natürlich zwangsläufig, dass du die andere bist.«

Isi und Lea, die gerade in ihre Jacken schlüpften, weil sie sowieso schon spät dran waren, kicherten – wie immer, wenn Darius etwas zum Besten gab. Oder wenn es um … Gefühle ging.

»Wollt ihr wirklich nicht zum Essen bleiben?«, fragte Isabella in das Gekichere hinein.

»Geht leider nicht – Einradtraining«, sagte Isi bedauernd und pustete sich den Pony aus der Stirn. Sie und Lea fuhren sogar Einradmeisterschaften und nahmen ihr Hobby ungeheuer ernst. Pau war froh darüber. Sie hatte allmählich genug von dem Gekicher und Darius hatte es wirklich nicht verdient, dass man dauernd über ihn lachte. Klug und nett, wie er war. Sie lächelte ihm zu und Darius fiel auf, dass er schon seit Stunden nicht über Mathe nachgedacht hatte. Komisch, immer wenn Pau in der Nähe war, schrumpfte sein Matheinteresse extrem in sich zusammen. Da musste er wirklich aufpassen.

Yussuf, der Gute, hieß nicht umsonst Yussuf, der Gute. Er war sofort bereit, das Fleisch durch Tofu zu ersetzen. Und Tofu war bei Schmidthubers immer im Haus.

»Also, dann …«, sagte er und machte sich an die Walnüsse für die scharfe Soße. Prabhamani setzte sich ihm vorsichtig gegenüber, um zu helfen. Yussuf lächelte ihr zu und da wurde sie so rosa wie Darius ein paar Minuten zuvor.

Ali, die mit Prinzessin Sakura für einen Moment in den Hof gegangen war, um mal nach ihren Bienen zu schauen, prallte, als sie zurückkam, fast gegen ihren Vater, der sich allein in der Hofeinfahrt herumdrückte und eine Zigarette rauchte, wie immer, wenn seine Nerven angeschlagen waren.

»Papi!«, rief Ali erschrocken.

»Schatz«, antwortete Lars zerstreut. Er schien mit seinen Gedanken meilenweit weg zu sein. Dachte er an seine letzte Freundin? Oder bedrückte ihn vielleicht etwas anderes? Oder war er sich einfach nur nicht sicher, welche Zwillingstochter er gerade vor sich hatte? Vermutlich war er durch die lange Abwesenheit ziemlich aus der Übung gekommen.

»Also, mit diesem – äh – Ibrahim …«, begann er plötzlich.

»Ja, was ist mit ihm?«

»Wie lange geht das denn schon ganz genau?«

Ali zuckte die Schultern. »Eine Weile eben – warum?«

»Na ja, nur so halt«, murmelte ihr Vater. Wieder starrte er einen Augenblick gedankenverloren vor sich hin. Dabei hypnotisierte er die alte Hofmauer, als wolle er sie in was auch immer verzaubern. Dann schien ihm plötzlich etwas einzufallen.

»Ali, weißt du noch, diese kleine, verwunschene Villa am Stadtrand, die zum Verkauf steht? Die, die dir letztes Jahr so gut gefallen hat?«

Ah, also wusste er immerhin noch, wer sie war. Ein winziger Stein fiel von ihrem Herzen, warum auch immer.

Sie nickte. Ja, klar erinnerte sie sich. Sie hatten dieses alte Haus mal im Vorüberfahren gesehen und sie hatte es sofort ins Herz geschlossen. So müsste man wohnen! In einem alten Haus mit verwunschenem Garten, in dem man perfekt einen Rosengarten anpflanzen konnte. Und wo ihre Bienen großartiges Futter hätten. Aber das Haus war absolut unbezahlbar, hatte ihr Vater damals gesagt.

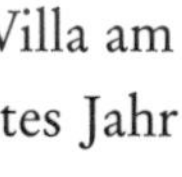

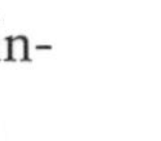

»Alleine die Renovierung von dem alten Rumpelkasten

würde uns bettelarm machen.« Genau das waren seine Worte gewesen.

Aber jetzt grinste er. »Stell dir vor, ich habe in der letzten Zeit ein paar nicht ganz schlechte Geschäfte abgeschlossen. Der Laden brummt also, könnte man sagen. Nur deshalb konnte ich mir auch die beiden iPhones leisten …«

Ali runzelte die Stirn. So viele Worte wie gerade eben hatte ihr Vater lange nicht mehr an sie gerichtet.

Sie dachte für einen Moment daran, wie es gewesen war, als Runtervomsofa in der Kaminmauer festgesteckt hatte. An diesem Nachmittag hatte ihr Vater sie eiskalt abblitzen lassen.

Aber daran dachte er natürlich längst nicht mehr. Sachen wie eine Katze in Gefahr waren Bagatellen für ihn. Er war alles andere als ein Tierflüsterer, so viel stand fest.

»Also, Ali, pass mal auf«, sagte er stattdessen und räusperte sich umständlich, wie er es bei Geschäftsgesprächen am Telefon auch tat.

»Hm?« Ali schaute einer ihrer Bienen hinterher, die gemütlich über den Hof flog. Hoffentlich stieß sie nirgends auf pflanzenschutzmittelverseuchte Pflanzen. Es starben so viele Bienen zurzeit.

»Wenn du und Pau deine Mutter nun dazu kriegen könntet, diese Sache mit diesem Radladenbesitzer sein zu lassen, dann …«

»Dann?« Hä? Was sollte das denn werden?

»Nun ja …« Lars drückte den Zigarettenstummel aus und kickte ihn mit der Fußspitze gekonnt in ein Gulliloch in der Hofeinfahrt, »… dann könnte ich mal mit dem Makler des Waldhauses telefonieren und sehen, ob wir uns das Häuschen nicht doch noch unter den Nagel reißen können. – Na, was meinst du?«

Lars schaute Ali gespannt an.

Ali biss die Zähne zusammen und schwieg.

Das Leben war doch wirklich eine merkwürdige Angelegenheit. Ständig passierten komische, unvorhersehbare Sachen. Dabei fiel ihr etwas ein: wie sie selbst wohl aussähe mit Prabhamanis goldenem Lidschatten auf den Augenlidern? Ob … oh, oh … Roschan sie dann wohl auslachen würde? War goldener Lidschatten *too much,* wie Isabella immer sagte, wenn sich Frauen ihrer Meinung nach zu dicke und zu bunt schminkten?

Verdammt, was sollten denn diese idiotischen Gedanken jetzt? Sie wurde, wenn sie nicht aufpasste, schon so bescheuert wie Isi und Lea, die immerzu von irgendwelchen Popstars schwärmten und Lipgloss und so was kauften! Aber – andererseits – Roschan war *kein* Popstar, sondern jemand *Echtes.* Ein echter, irgendwie gut aussehender Junge, der … auch nett sein konnte, wenn er wollte.

»Ali?«, unterbrach ihr Vater das Wirrwarr in ihrem Kopf.

»Hm?«

»Du sagst ja gar nichts. – Was meinst du? Wäre das eine gute Idee? Die Sache mit dem Haus? Wenn wir das … angingen?«

Aber Ali wusste keine Antwort. Stattdessen floh sie vor den Röntgenblickaugen ihres Vaters ins Treppenhaus und sprang die sechsundneunzig Stufen hinauf wie nichts.

30
Roschan und Darius

»Was macht ihr denn da? Seid ihr irgendwie – wahnsinnig geworden, oder so?«

Die Frage musste man stellen, wenn man eben völlig außer Atem eine Wohnung betrat, in der zwei sehr ungleiche Zwillingsbrüder nebeneinander in der Küche standen und gekochte Spaghetti an die Kühlschranktür pfefferten wie nichts.

»Wieso? Was meinst du? Warum verrückt?«, fragte Roschan und schleuderte eine weitere Nudel Richtung Kühlschrank. Wieder spürte Ali dieses leichte, peinliche Prickeln im Bauch, als Roschan mit seinen riesigen Augen kurz in ihre schaute.

Yussuf stand unterdessen am Kochherd und vermengte in einer Pfanne Zwiebeln und Knoblauch, die er bereits ziemlich scharf gewürzt hatte. Am Ende kochten so die Leute in Syrien oder dem Iran? Indem sie zwischendurch Lebensmittel herumwarfen? Nein, das war natürlich purer Blödsinn.

Jetzt warf Darius eine Nudel.

»Perfekt!«, rief er zufrieden, als sie wurmartig kleben blieb, direkt auf einer Fotografie von Isabella, Ali und Pau. Na, klasse!

Und sofort riss Roschan den Nudeltopf vom Herd und kippte die dampfenden Spaghetti in ein Sieb in der Spüle.

»Nudeln sind gar, wenn sie an Kühlschranktüren kleben

bleiben, das weiß doch wohl jeder«, erklärte er Ali dabei über seine Schulter hinweg. Er grinste. »Hast du noch nie gekocht?«

»Klar habe ich schon gekocht«, gab Ali ärgerlich zurück. Wieso war er eigentlich die ganze Zeit so unverschämt zu ihr? Fand er sie soo schlimm?

»Warum habt ihr beide eigentlich völlig gleiche Haare?«, fragte Roschan jetzt. *Warum, warum, warum* fragte er das wohl? Ahhhh, er machte sich also auch Gedanken über sie – und ihr Aussehen! War das gut? Oder schlecht? Verdammt, Fragen über Fragen, auf die es keine Antwort gab. Fand er sie hübsch? Hässlich? Cool? Oder uncool? HILFE!

»He, sag doch mal«, drängte Roschan neugierig. Er ging so weit, Ali kurz und knapp an ihrem hellen Pferdeschwanz zu ziehen. Aber Ali dachte an das gute, alte Wir-Sagen-Nichts-Zwillingsabkommen und hüllte sich in eisiges Schweigen. Hastig brachte sie eine Armlänge Abstand zwischen ihn und sich und plumpste stattdessen ermattet auf den wuscheligen, runden Flokatiteppich neben dem Esstisch. Dort saß auch Ibrahims alte Mutter noch immer und betete verbissen vor sich hin. Dreimal hatte sie bereits geknurrt, seit Ali wieder aus dem Hof nach oben gekommen war. Einmal als Runtervomsofa versucht hatte, sich ihr zu nähern.

Ein zweites Mal, als sie sah, wie Prabhamani sich mit tausend kleinen Gesten mit Yussuf zu unterhalten versuchte – immerhin hatten die beiden keine gemeinsame Sprache. (Aber Prabhamani erschreckte das Knurren so sehr, dass sie sofort alles wieder sein ließ und sich nur noch mit gesenktem Blick um das Gemüse für den Nudelauflauf kümmerte. Yussuf schien bekümmert darüber, denn er seufzte ein paarmal laut auf.)

Und zum dritten Mal hatte Oma Hedia geknurrt, als Ibrahim beim Durcheilen der Küche mit den Fingerspitzen seiner linken Hand Isabella, die in der Speisekammer wühlte, für den Bruchteil einer Sekunde über den Rücken gestrichen hatte. Dieses Knurren war eindeutig das lauteste und drohendste gewesen.

»Chill doch mal ’ne Runde, Oma«, hatte Roschan seiner Großmutter geraten. »In Deutschland geht es eben anders zu als in Persien. Hier ist es üblich, dass man sich seine Frau oder seinen Mann – äh – selbst aussucht, verstehst du? Da will sich keiner, nun ja, reinpfuschen lassen …«

Ibrahim zog bei diesen Worten grinsend eine Augenbraue hoch. Eigentlich war er dabei, die erste Flasche Wein zu öffnen, aber so viel Zeit musste sein.

»Allerdings, Sohn eins!«, sagte er, hielt im Flascheöffnen inne und gab Roschan stattdessen eine mittelsanfte Kopfnuss mitten in die schwarzen Locken hinein.

Roschan rieb sich den Kopf. Er wusste, woran sein Paps dachte. Er dachte ja selbst für einen Moment an Elvira, die Schöne, von der ALDI-Kasse. Verlegen sah er zu Darius hinüber, der ja von Anfang an gegen die *Ich-suche-Dich!*-Sache gewesen war. Dabei fiel ihm etwas ein. »Ich habe es übrigens wieder halbwegs geradegebogen, Bro!«

Darius hob den Kopf. »Was geradegebogen?«

Roschan warf seinem Zwilling einen vielsagenden Blick zu.

»Du weißt schon. *Hm … hm …* Ich meine, ich habe mal

dezent anklingen lassen, dass eigentlich *du* … du weißt schon … auf sie … äh … stehst …«

Darius wurde innerhalb einer Sekunde so rot wie Yussufs Soße in Isabellas Pfanne. »Spinnst du?«, brüllte er wütend los.

31
Ali und Pau

Darius' Blick flackerte nervös zu Pau hinüber, die gerade völlig versunken vor dem Küchenschrank stand und überlegte, welches Geschirr sie wohl herausbugsieren sollte: die blauen Teller mit den tanzenden Chinesen für einen guten Tag? Oder doch besser die rosa Teller mit den dünnen goldenen Energieschnörkeln für den Ausklang eines stressigen Tages? Oder von beiden welche? Diese Oma Hedia konnte bestimmt einen Energieschnörkelteller vertragen ... Obwohl Isabella und Ibrahim eindeutig im Tanzende-Chinesen-Modus waren?! Aber was war mit Yussuf, der ein Kriegsflüchtling war? Und mit Prabhamani, die nach Deutschland gekommen war, um – äh – Ibrahim zu heiraten? Und mit ihr selbst und Ali? Und mit Roschan und Darius? Und mit ihrem gestressten Vater? – O Hölle!

»Was hast du?«, flüsterte Ali, die gerade vorbeikam. Pau erklärte es ihr.

»Nur Irre hier«, seufzte Ali. »Nimm die tanzenden Chinesen! Es heißt schließlich immer: Think positive, oder?«

Kopfschüttelnd holte sie eine Dose Katzenfutter für Runtervomsofa aus der Speisekammer. Dabei fiel ihr noch etwas ein.

»Pau?«

»Hm?«

»Was liegt denn da für ein – Ding auf dem Ausstieg zur verbotenen Dachluke?«

Die verbotene Dachluke war der Ausstieg auf das Dach, der für Ali und Pau streng verboten war, weil es von dort aus direkt und ungeschützt auf das Dach des Hauses ging. Nur der Schornsteinfeger hatte dort Zutritt, aber Isabella fühlte sich dem Schornsteinfeger, wie es aussah, ebenbürtig und saß manchmal abends dort auf dem kleinen Vortreppchen, um in Ruhe zu meditieren.

»Was für ein *Ding?«,* fragte Pau irritiert zurück.

»Ach, so ein ... Ding eben«, wiederholte Ali kryptisch. Sie sah irgendwie sorgenvoll aus.

Das Essen wurde ein voller Erfolg. Zum Schluss gab es fünf leere Flaschen Wein, die auf das Konto der Erwachsenen gingen (wobei Isabella nur Orangensaft trank), und etliche leere Bio-Limonadeflaschen, die die vier Zwillinge geleert hatten. Zwischendurch rief Oma Olga aus Mallorca ein weiteres Mal an, um nachzufragen, wie es Ibrahims Mutter in der Zwischenzeit ginge. Isabella schaute, mit dem Hörer am Ohr, verstohlen zu Oma Hedia hinüber, die zwar immer noch stur auf dem Küchenboden ausharrte, dort allerdings jede Menge Wein trank, hin und wieder knurrte, dabei aber mit gutem Appetit Yussufs Nudelauflauf verspeiste, den er ihr ritterlich dort unten servierte, dann wieder nachdenklich aus dem Fenster gen Osten starrte und sich bei allem dennoch weiterhin beharrlich weigerte, am allgemeinen Gespräch teilzunehmen. Aber ihre immerzu kauenden Backen waren gerötet und ihre Augen eine Spur weniger killerartig. Den Schleier hatte sie dezent gelockert.

»Ach, ich denke, es geht ihr so weit ... ganz gut«, raunte Isabella Oma Olga leise zu, dann lauschte sie eine Weile in den Hörer. Und Pau wusste, dass sie jetzt das Mittelmeer rauschen hörte. Denn Oma Olga rief fast immer vom Strand an, wenn sie zusammen mit ihren Freundinnen die Seele baumeln ließ.

»Das war meine Mutter – sie lässt schön grüßen«, berichtete Isabella, als sie das Gespräch beendet hatte. Sie quetschte sich wieder an ihren Platz zwischen Ibrahim und Darius zurück. Yussuf und Pau hatten vor dem Essen gemeinsam den Tisch gedeckt und kurzerhand auch die Platzverteilung übernommen. Fast rein zufällig hatten Yussuf und Prabhamani aus diesem Grund ihre Plätze dicht nebeneinander.

»Danke«, sagte Ibrahim zu den Olgagrüßen lächelnd. »Ich habe sie ja vorhin kurz gesprochen. Nett, wirklich nett. – Schade, dass sie so weit weg ist, oder?«

Ali und Pau nickten unisono und Ali gab noch einmal ihre Empörung darüber, dass Omas eigentlich für ihre Enkel da zu sein hatten, zum Besten.

»Oma fort?«, schaltete sich in diesem Moment Ibrahims Mutter ein und hörte auf zu beten. »Oma von Mädchen?« Sie deutete mit einem ihrer runzeligen, beringten Finger auf Ali und Pau.

»Jaja, das durchgeknallte Weib lebt seit einer Weile auf Mallorca«, erklärte Lars, der gerade dabei war, aufzubrechen. Er sah leicht säuerlich aus und musste ständig niesen. Mindestens siebenmal hatte er streng »Runter vom Sofa!« zu Runtervomsofa gesagt. Ali hatte den ganzen Abend darauf gewartet, ob er wohl irgendwann wie Ibrahims Mutter anfangen würde zu knurren. Aber bis jetzt hatte er sich tapfer gehalten.

»Hey, Oma, du kannst ja wieder sprechen!«, rief Roschan grinsend.

Seine Großmutter warf ihm einen strengen, durchdringenden Blick zu. Aber dann wandte sie sich an Isabella.

»Nun ja – schöne Augen«, begann sie gnädig. »Wie Meer in Sonnenlicht.«

Isabella errötete doch tatsächlich, während Lars zu diesen Worten tief seufzte. (Tja, das hätte er sich eben mal früher überlegen sollen, dachte Ali.) Dann winkte er rasch ein letztes Mal in die Runde, bedankte sich bei Yussuf für das leckere Abendessen, wuschelte Ali und Pau hastig durch die gleichen Haare, warf Isabella einen traurigen und Ibrahim einen missmutigen Blick zu und – verkrümelte sich. Runtervomsofa begleitete ihn freundlich bis zur Wohnungstür. Er dankte es ihr mit ein paar Niesern und zog rasch die Wohnungstür hinter sich ins Schloss.

»Oh … danke für das … Kompliment, Frau Al Bazi«, sagte Isabella in der Zwischenzeit, aber Ibrahims Mutter redete schon weiter.

»Aber Augen natürlich nicht alles! Wie ist: Kannst du kochen? Putzen? Aufräumen?«

»Mutter!«, rief Ibrahim entsetzt. Es war ganz eindeutig der Abend des Rotwerdens, denn diesmal wurde er rot. »Du lieber Himmel, ich suche doch eine Frau zum, äh, Lieben und nicht … zum Putzen!«

Ein winziges Lächeln umspielte plötzlich die Lippen der alten, persischen Dame. »Gut, gut«, sagte sie und leerte schwungvoll ihr Weinglas. »Also andere Frage: Kannst du … tanzen? Schau, so …«

Und damit stand sie ächzend auf und begann, im Takt

der Musik, die aus dem Wohnzimmer herüberdrang, kleine, weinselige Tänzelschritte durch die enge Küche zu machen. Die Arme hatte sie in die Luft gestreckt, sie schnipste mit den Fingern und ließ die Hüften kreisen.

Roschan machte eine entsetzte Miene und wand sich auf seinem Stuhl. »Oh, Mann, jetzt dreht sie voll durch. – Paps, tu doch was! Schnell!«

Aber Ibrahim saß nur da und starrte verblüfft seine tanzende Mutter an.

Als Nächstes erhob sich Yussuf, der Gute. Einen Moment sah er verloren aus – fand Pau. Verloren zwischen Lachen und Weinen. Oder so ähnlich. Pau hatte Mühe, für seinen Gesichtsausdruck die richtigen Worte zu finden.

»Immer hab ich nur … Krieg im Kopf«, sagte er da und ein Hauch von Feuchtigkeit glitzerte auf einmal in seinen guten hellbraunen Augen. Aber dann gab er sich einen Ruck und griff nach Prabhamanis Hand. »Vielleicht sollten wir auch tanzen?«, fragte er leise. Wieder gab es einen roten Kopf. Aber Prabhamani überwand ihre Schüchternheit, als Oma Hedia ihr nach kurzem Zaudern gnädig zunickte.

»Ja«, flüsterte sie und ließ sich von Yussuf ins Wohnzimmer ziehen. Nervös zupfte sie dabei mit der freien Hand an ihrem gold glitzernden Kopftuch herum.

»Und jetzt wir, oder was?«, lachte Ibrahim, schob seinen Stuhl zurück und sah Isabella fragend an. Ali und Pau warfen sich einen Blick zu und entdeckten dann, dass Roschan und Darius sich ebenso verlegen anblickten.

»Oh, oh …«, jammerte Isabella unter Ibrahims Blick nervös. »Ob ich da mithalten kann? Orientalischer Tanz? Ich bin mehr so eine Über-alle-Füße-Stolperin … Nur … nur *Pogo* beherrsche ich einigermaßen.«

»Was ist denn Pogo?«, erkundigte sich Ibrahim erstaunt.

Isabella grinste plötzlich. »Haha, so ein alter Punker-Tanz. Man springt dabei eigentlich nur wild herum. Ein bisschen wie Pippi Langstrumpf, wenn sie auf der Hoppetosse tanzt! – Damit würde ich bei deiner Mutter aber bestimmt keinen guten Eindruck machen …«

»He, Frau Bürgermeisterin.« Ibrahim hielt weiter Isabellas Hände fest. »Du wirst doch wohl einem Flüchtling wie mir nichts abschlagen wollen, oder?«

Und dann tanzten sie auch. Und ließen die beiden Zwillingspärchen allein am Tisch zurück.

»Es war ganz eindeutig der Sommer der krassen Peinlichkeiten«, sagte Ali seufzend. Und damit verdrückte sie sich ins Badezimmer. Vor dem großen Spiegel zog sie, ohne nachzudenken, das Gummiband aus ihrem Pferdeschwanz, und schnitt sich – einfach so – die langen Haare ab. Schlimmer konnte das Jahr ja sowieso nicht mehr werden! *Ritsch ratsch* … ab … Jetzt war sie nicht mehr doppelt. Jetzt war sie – nur noch sie selbst …

Alice Schmidthuber. Einmalig auf der Welt.

Sie starrte sich eine Weile prüfend an. Wahnsinn, wie einen zwei Ritsch-Ratschs mit einer Schere verändern konnten! Sie sah irgendwie völlig verändert aus! Keine doppelten Lottchen mehr ab heute! Nie mehr: »Ohhhh! Diese beiden Mädchen gleichen sich ja wie ein Ei dem anderen!«

Jetzt war es mehr wie bei Roschan und Darius!

Normale Geschwister. Keine Hingucker mehr – hurra!

Ali drehte den Kopf nach links und nach rechts und begutachtete sich aus den Augenwinkeln. Wahnsinn – ein neuer Mensch! Ein absolut neuer Mensch! Und zum ersten Mal war sie irgendwie … verknallt …?!

Oh nein, und das auch noch in so einen trotteligen Hammel wie diesen Roschan Al Bazi!

Ali betrachtete sich streng. Nein, nein und noch mal nein, dachte sie. Dieses Bauchflattern, wenn sie sah, dass er sie ansah, musste echt mal wieder aufhören! Was hatte Isabella ihr da nur eingebrockt. Wären sie doch nie in dieses Radhaus gegangen. Im Grunde war Kunibert der Auslöser für diesen ganzen Wirrwarr! Oder – der Polizist, der Isabella auf ihrem Weg nach Hause angehalten und ihr den Mängelbericht in die Hand gedrückt und ein Kunibert-Fahrverbot verhängt hatte? Oder …?

Ali verließ auf leisen Sohlen das Badezimmer und schlich durch die dunkle Diele. Sie hörte die anderen im Wohnzimmer lachen. Gläser klirrten. Musik spielte. Niemand schien sie zu vermissen.

Pau schwatzte wahrscheinlich mit Darius, für den sie aus irgendeinem Grund eine Schwäche hatte. Und Roschan? Fiel ihm nicht mal auf, dass sie verschwunden war? Jungs wie er waren eben unsensibel …

Wie von selbst schlichen Alis Füße aus der Wohnung. Sie tappten die sechs Stufen zur Dachluke hinauf. Was Isabella durfte, durfte sie allemal. Sie war ja kein kleines Kind mehr, das sich eventuell versehentlich vom Dach gestürzt hätte! Sie war immerhin fast – erwachsen! Also, wie gesagt, *fast!* Seufzend hockte sie sich auf die oberste Dachlukenstufe.

Der Himmel war dunkelblau, wolkenlos und voller Sterne. Schön sah das aus. Die Luft roch nach lauer Nacht.

Ali legte den Kopf in den Nacken, spürte ihre neuen, kurzen Haare, die sich dort leicht ringelten und sie kitzelten, und wartete auf eine Sternschnuppe. Wenn eine käme, wüsste sie schon, was sie sich wünschen würde … Sie gab sich Mühe, nicht zu blinzeln, um nur ja keine zu verpassen. Gerade als ihre Augen zu brennen begannen, hatte sie Glück. *Zipp* … Gut, dass sie nicht geblinzelt hatte. Wie wahnsinnig schnell Sternschnuppen waren! Ali stützte die Hände nach hinten und schloss die Augen, um den Moment so richtig auszukosten. Vielleicht erhöhte das die Chance darauf, dass der Wunsch sich – möglichst rasch – erfüllte?

»Ich wünsche mir …«, murmelte sie – aber in diesem Moment stießen ihre Fingerspitzen gegen …? Ali drehte sich um. Was lag denn da?

Ach ja, dieses Ding, das sie schon vorhin entdeckt hatte, als sie zum ersten Mal hier oben gewesen war, um etwas frische, ruhige Luft zu schnappen.

Ali griff nach dem kleinen weißen Stift und betrachtete ihn neugierig von allen Seiten.

WAS??? WIE BITTE???

Ali keuchte auf.

»Verdammter, gequirlter, dreimal gedrehter Supermist!«, schnaubte sie dann. Wenn einem die Augen aus dem Kopf hätten fallen können, wäre es jetzt unter Garantie passiert – so intensiv starrte sie auf das, was sie da in den Händen hielt.

»Na warte, Isabella!«

In einem einzigen Satz nahm sie die fünf kleinen Dachlukentreppchen abwärts. Isabella würde sie etwas erzählen! Das durfte doch echt nicht wahr sein! Mannmannmann!

Zum Glück hatte sie die Wohnungstür nicht hinter sich ins Schloss gezogen, als sie sich aufs Dach verdrückt hatte, sondern nur leicht angelehnt. So konnte sie einfach die Tür aufstoßen.

KRACH – knallte sie direkt in …

… Roschan hinein!

»Heilige Strohscheiße!«, entfuhr es dem. Er war gegen die Flurwand geprallt und rieb sich den Bauch.

»Wenn ich mir jetzt deinetwegen ein paar Rippen angeknackst habe, verklage ich dich auf Schmerzensg…!«, fügte er hinzu. Aber dann brach er ab. »He, du siehst ja so … gerupft aus?!«

Er betrachtete Ali aus nächster Nähe. »Neuer Look?«

Aber Ali hatte jetzt keine Zeit für lange Diskussionen. Diesmal flatterte es in ihrem Bauch gleich zweifach: Einmal war da wieder dieses Schmetterlingsflatterflügelgefühl, das sie ja nun schon zu Genüge kannte, wenn Roschan sie ansah und so weiter. Aber diesmal brodelte da noch ein zweites Gefühl: ein Das-darf-ja-wohl-nicht-wahr-sein-Gefühl! Und dieses Gefühl bezog sich auf jemand anderen, der sich jetzt gleich auf etwas gefasst machen durfte!

Alis Impuls war es, an Roschan so schnell wie möglich vorbeizukommen, um *Isabella* zur Rede zu stellen! Jetzt war es aber so was von hundertprozentig sicher, dass sie zu ihrem Vater übersiedeln würde!! Er hatte ihr nicht nur dieses coole Handy geschenkt! Er war auch nicht so dreist, ihr ein … *Oh Mann!* auf's Auge zu drücken.

»Sieht nicht mal übel aus«, sagte Roschan in diesem Moment. Er ging so weit, mit zwei seiner Finger leicht an Alis neuen Haaren zu zupfen. »Nee, wirklich, gefällt mir so weit ganz gu…«

Da riss Ali der Geduldsfaden.

»Hör auf, über Haare zu reden, und guck dir das mal an!«, unterbrach sie Roschan deshalb und hielt ihm das kleine weiße Dingsbums aus der Dachluke direkt vor die sommersprossige Nase.

»Hä? Was soll das sein?«

Roschan runzelte die Stirn. Er zog Ali das Teil aus der Hand, um es sich eingehender zu betrachten.

»Kannst du nicht lesen, oder was?«, schnauzte Ali, aber ihre Stimme war nicht wirklich sauer. Schließlich konnte Roschan für diesen … Mist auch nichts.

»Schwanger. Nicht schwanger«, las Roschan brav im schwachen Dämmerlicht der dunklen Diele. »Soll das ein Witz sein? Wo hast du das Ding her? Das ist ein Schwangerschaftsnachweisdingsbums … So was hab ich schon tausendmal in der Werbung und so gesehen. Peinlicher Weiberkram, würde ich sagen …«

Er grinste und hielt Ali den Schwangerschaftstest wieder hin. »Da, nimm! Ich will so was lieber nicht in der Hand haben …«

»Ja, aber … VERSTEHST du denn nicht?« Alis Stimme klang aufgebracht. »Ein Strich bedeutet *Nicht schwanger.* Zwei Striche bedeutet s*chwanger!*«

»Ein Strich? Zwei Striche? Ja, okay. Steht ja da. – Und?«

»Oh, Mann, Roschan Al Bazi! Vermutlich hat ein Meter Feldweg mehr Grips als du!«

Ali konnte es nicht fassen. In dem Moment ging die Wohnzimmertür auf und Darius und Pau sahen hinaus.

»Was macht ihr da draußen im Dunklen? – Knutschen?«, fragte Darius interessiert. Er grinste über das ganze Gesicht.

Roschan hob eine Faust. »He, du Sack – nimm das sofort zurück! Nur weil du jetzt dauernd mit dieser Tussi da abhängst ...«

Er deutete auf Pau. »... musst du nicht plötzlich größenwahnsinnig werden!«

Er knallte Darius die erhobene Faust auf den schwarzlockigen Schädel, wenn auch nicht sehr fest.

»Ohhh, Ali – deine Haare!«, rief Pau in diesem Moment.

Aber Ali winkte ab. »Wachsen ja im Notfall wieder«, murmelte sie, wenn sie in ihrem Inneren auch wusste, sie würde von jetzt an immer anders aussehen als ihre Zwillingsschwester. Denn, bei aller Liebe, sie war ein EIGENER Mensch. Ein Individuum.

Wenn auch ein Individuum mit einer völlig durchgedrehten Mutter!!!

»Ali? Pau? Jungs?« Isabella mit dem sechsten Sinn schien Lunte gerochen zu haben, dass etwas nicht in Ordnung war, denn sie kam mit einem fragenden Blick zu ihnen hinüber. »Alles klar bei euch? Oder habt ihr euch gestritten?«

Ali warf ihrer Mutter einen eisigen Blick zu.

Auch Ibrahim gesellte sich zu ihnen. »Was geht?«, fragte er fröhlich. Dann entdeckte auch er Alis neue Haarfrisur. »Oh, schön!«, sagte er und lächelte Ali zu. »Ab heute individuell?«

Aber Ali hatte jetzt echt absolut keine Zeit für Haarfrisurgespräche. Sie winkte ab und wandte sich mit immer noch eisiger Miene an ihre Mutter.

»Weißt du noch, wie Pau und ich dich letztes Jahr angebettelt haben, dass Prinzessin Sakura mal Katzenbabys bekommen darf?«

Isabella nickte und machte ein verwirrtes Gesicht. Ha, wie scheinheilig sie doch war!

»... und weißt du noch, was du damals zu uns gesagt hast?«

Isabella nickte wieder. »Ja, klar, ich habe gesagt, dass Katzennachwuchs einen Haufen Arbeit macht und ich darum lieber keine Katzenbabys im Haus haben will ...«

Ali musterte Isabella mit gerunzelter Stirn. »Machen Katzenbabys mehr Arbeit als Menschenbabys?«

So, jetzt war es heraus.

»Oh«, sagte Isabella denn auch nur. Ihre Augen flackerten nervös. So, jetzt hatte Ali sie eiskalt erwischt.

»Ist ... ist etwas passiert?«, erkundigte sich Ibrahim vorsichtig.

Roschan winkte ab. »Nee, Paps – Ali Schmidthuber ist heute Abend einfach nur mal wieder etwas schräg drauf«, erklärte er seinem Vater und zuckte mit den Schultern. »Erst raspelt sie sich selbst die Haare ab, weil sie immer schon mal wie ein Wischmopp aussehen wollte – und dann plappert sie plötzlich dauernd was von Strichen: einem Strich und zwei Strichen ...«

Als er so weit war, hielt er inne und fuhr herum. *»He,* Ali! Zeig das – äh – peinliche Ding noch mal her!«

Er schlug sich gegen die Stirn. »Oh, Mann! Ich Idiot! Jetzt kapiere ich den Kack! – Nee, oder? ... Oder ...?«

Er starrte komplett entgeistert in die Runde.

»Kann mich bitte mal einer einweihen?« Ibrahim sah nun ebenfalls verwirrt von einem zum anderen.

Und Ali? – Ali hielt das kleine Schwangerschaftsteststäbchen fest umklammert hinter dem Rücken verborgen. Konnte es echt sein, dass nicht mal Ibrahim wusste, was los war? Oh, oh …

»Was ist denn um Himmels willen passiert, Ali?«, flüsterte Pau. Die allgemeine Beunruhigung schien fürchterlich ansteckend zu sein. Auch sie sah jetzt besorgt aus.

Darius hatte unterdessen ungefähr zwei Sekunden kombiniert: schlechte Stimmung? Ein Strich? Zwei Striche? – Ein Grinsen flog über sein Gesicht! In der dritten Sekunde flüsterte er Pau die Lösung des Rätsels bereits ins Ohr.

Pau zuckte sichtbar zusammen, als sie das hörte.

»Mama …!«, entfuhr es ihr entgeistert.

Da gab sich Isabella einen Ruck.

»Na gut«, sagte sie und seufzte tief. »Eigentlich wollte ich ja erst mit Ibrahim alleine darüber sprechen, aber jemand muss sich an meinen geheimen Meditationsplatz geschlichen haben und dort …«

Sie warf Ali einen kurzen Blick zu.

»Worüber wolltest du mit mir sprechen, Schatz?« Ibrahim legte einen Arm um Isabellas Schulter und Isabella atmete einmal tief ein und aus.

»Es ist ja kein Drama … Es ist nur – ich bin schwanger, Ibrahim …«

Es war erstaunlich, welch eine Wucht eine umkippende persische Oma doch hatte. – Der ganze Dielenboden schien zu erbeben und alle fuhren entsetzt zusammen. Prabhamani schrie sogar leise auf. Wie instinktiv legte Yussuf, der Gute, schützend seinen Arm um sie.

»Mutter, nein! Nein! Nein! Nein!«, brach es aus Ibrahim heraus. Er war wie von einer Tarantel gestochen herumgefahren. »Ich hatte dir doch verboten, noch mal ohnmächtig zu werden!«

Er beugte sich über seine Mutter. Wieder schien er insgeheim mit dem Schlimmsten zu rechnen ... Tot? Herzkollaps? Nervenzusammenbruch? Auch Isabella beugte sich besorgt über Oma Hedia. Genau wie die vier Kinder.

»Ich bin nicht ohnmächtig«, knurrte die alte Frau da mit geschlossenen Augen. »Ich denke nur nach!«

»Du *denkst nur nach?«*

Ibrahim begann, sich aufzuregen, während Oma Hedia immerhin ein Auge einen Spalt breit öffnete.

»Allerdings ...« Oma Hedias offenes Auge suchte Isabella. »Ich habe *gehört,* was deutsche Frau gesagt hat! Ist schwanger ...«

»Ja, und ist das nicht wunderbar?«

Ibrahim schaute glücklich zu Isabella hinüber. Aber zwischen ihm und ihr waren nicht nur seine Mutter, sondern auch sämtliche Zwillinge dicht gedrängt. Und darum umarmte er sie erst alle der Reihe nach, ehe er endlich bis zu Isabella durchgedrungen war.

»Ali! –

Pau! –

Roschan! –

Darius!«

»Oh Mann, kann mich mal einer kneifen ...«, stöhnte Roschan und sah zu, dass er Land gewann. Ein bisschen Abstand zu verliebten (und schwangeren) Erwachsenen und durchgedrehten *zukünftigen Stiefschwestern* – denn darauf lief es doch jetzt wohl zwangsläufig hinaus – war bestimmt mehr als angebracht.

Ibrahim hielt unterdessen Isabella eng umschlungen. Sein Blick war irgendwie verschleiert und verklärt – und er sagte erst mal gar nichts mehr. (Außer ein paar Mal »Ach, ach, ach«, aber das zählte nicht!)

»Sollen wir Ihnen vielleicht aufhelfen?«, fragte Pau in diesem Moment Oma Hedia höflich. Man konnte die alte Frau schließlich nicht ewig auf dem Boden herumliegen lassen.

Oma Hedia klappte bei diesen Worten gnädig das zweite Auge auf. »Danke, klein Frollein«, brummte sie. »Erst zu Ende denken. Dann gerne aufhelfen …«

Darius grinste wieder. Irgendwie war das Leben ziemlich okay in der letzten Zeit. Er dachte zwar weniger an Mathe, was ihn schon etwas beunruhigte, aber ansonsten … Er warf Pau einen verstohlenen Blick zu. War sie jetzt am Ende so was wie seine … Schwester? Und war das gut? Oder nicht so gut? Immerhin war sie DAS BESTE IN DEM GANZEN CHAOS HIER – so viel stand allemal fest!

»Jetzt aufhelfen, bitte«, unterbrach Oma Hedia da seine wirren Gedanken. »Zu Ende gedacht!«

Alle vier Zwillinge waren nötig, die alte Frau aus der Waagrechten zurück in die Senkrechte zu manövrieren.

»Und? Was hast du dir nun *ausgedacht?«*, erkundigte sich Roschan mit mittelfinsterer Miene.

Oma Hedia beäugte ihn streng. »Lächle mal, Enkel. Freu dich! Bekommst wieder vollständige Familie! Isabella bekommt Baby! Ist nicht mehr zu ändern! Wird große, persische Hochzeit geben! – Und ...«

Sie schaute triumphierend in die Runde. »... und Oma Hedia wird bleiben! So viele Enkel! Brauchen Großmutter! Hier ist Großmutter! Bitte sehr!«

»Oh, oh«, murmelte Ibrahim betreten, als er das hörte, aber Isabella warf ihm einen warnenden Blick zu. »Psst«, flüsterte sie leise. »Sie freut sich! Das sehe ich! Alles andere wird schon – irgendwie ...«

»Mama? Wie soll denn das alles funktionieren?«, fragte Pau eine Stunde später leise, nachdem Ibrahim, Oma Hedia, Prabhamani und die beiden anderen Zwillinge gegangen waren.

Yussuf, der Gute, war auch aufgebrochen, aber erst, nachdem er lange Abschiedsblicke (und seine Handynummer) mit Prabhamani ausgetauscht hatte.

Oh Mann. Liebe. Also echt, dachte Pau kopfschüttelnd.

Sie, Ali, Isabella und Runtervomsofa saßen zu viert und dicht gedrängt mitternächtlich auf der obersten Dachlukentreppe und schauten über die schlafende Kleinstadt.

»Ich meine, ein Baby?«, fuhr Pau fort. »Und dein Job? Und – Papi? Er wird – traurig sein! Jetzt, wo er gar keine Freundin mehr hat ...«

»Ja, er wollte doch gerade jetzt dieses tolle Haus am Waldrand für uns alle kaufen!«, fügte Ali hinzu. Runtervomsofa kraxelte bei ihren aufgebrachten Worten versöhnlich auf ihre Knie, rollte sich dort zusammen und begann zu schnurren. »Werden Ibrahim, Roschan und Darius jetzt etwa stattdessen zu uns ziehen? Das wird doch viiiel zu eng! Vor allem, wenn erst … dieses Baby da ist! – Überhaupt – *ein Baby!*«

Isabella seufzte tief. Vermutlich war sie so tiefenentspannt, weil sie schon wieder massenweise Amethyste in ihr Wasser gemixt hatte, dachte Pau. Mann, Mann, Mann, das Leben war echt verrückt!

Plötzlich waren sie eine RIESENFAMILIE! Sogar mit neuer Oma! Wenn auch einer, die ziemlich oft hindonnerte.

»Wenn sie uns aber eines Tages zwingen will, so einen persischen Schleier zu tragen, gehe ich auf der Stelle zu Papi!«, kicherte Ali in diesem Moment.

Eine ihrer Bienen summte vorbei. Es war schön, ihr leises, freundliches Brummen zu hören.

In diesem Moment brummte noch etwas anderes. Ihr gutes, altes eBay-Handy, das in ihrer Hosentasche steckte wie immer.

»Wer schreibt dir denn noch so spät?«, erkundigte sich Isabella sofort misstrauisch. Eigentlich durften Ali und Pau ihre Handys nur bis vor dem Abendessen eingeschaltet lassen – aber das war heute irgendwie untergegangen in dem ganzen Trubel.

Ali warf einen Blick auf das kleine, schon ziemlich zerkratzte Display. »Vielleicht Isi oder Lea?«, überlegte sie dabei.

Aber die Nachricht war nicht von Isi oder Lea.

Sie war von – Roschan!

Freu mich irgendwie!, schrieb er knapp. *Auf alles! Wollte dir das nur mal schreiben!*

Dann kam noch eine zweite Nachricht: *Du Wischmopp, du!*

Aber dahinter war ein Smiley.

Ali lächelte dem Smiley zu. Pau hatte sich müde an Isabella gekuschelt. Jetzt war nur noch Runtervomsofas Schnurren zu hören. Und das war mindestens so gut wie ein Drink aus kosmischen Steinen.

Ende

Kirsten John

Das Krümel-Projekt

Ein Hund auf Glücksmission

Juhu, Emma bekommt einen Hund! Doch Krümel interessiert sich leider gar nicht für sie. Viel interessanter findet er ihre grantige Oma, die verrückte Nachbarin, den traurigen Postboten und Emmas besten Freund Tom. Gerade, als Emma sich eingeschnappt zurückziehen will, bemerkt sie, dass Krümel eine ganz besondere Gabe hat: Er kann Einsamkeit riechen. Und Emma beschließt, dass sie ihm dabei helfen will, alle mit einsamem Herzen glücklicher zu machen. Doch dann ist Krümel plötzlich verschwunden ...

Arena
168 Seiten • Gebunden
ISBN 978-3-401-60269-1
www.arena-verlag.de